中村草田男

私の愛誦句鑑賞

鍵和田柚子
Yuko Kagiwada

春秋社

はじめに

草木のみどりの美しい輝きとともに、いよいよ夏が近づいてきた。夏になると真っ先に思い出すのは、中村草田男の句、

毒消し飲むやわが詩多産の夏来る

である。『萬緑』所収の昭和十五年、作者三十九歳の作。結婚して四年ほど経て、長女、次女が生まれ、句集も二冊出版して俳壇での地歩を固め、脂の乗り切った年代だった。毒消しは解毒剤として昔から知られ、来たるべき暑さに備えて体調を万全にする薬である。作者の心の弾みとともに慎重な性格も窺える。そして本当にこの年の夏は美ヶ原や三城牧場の方へ旅をして、多くの群作を得ている。教職に在る身として長い夏休みがあることも、多くの作品の生まれる一因になっていた。

草田男先生は結婚されて以来、夏には軽井沢の別荘で過ごされた。その千ヶ滝の別荘に一度だけ伺ったことがある。昭和五十五年八月のことで、「俳句文学館」の依頼で草田男先生へのインタビューの仕事であった。もちろん、私は大喜びで引き受け、編集部の吉野洋子さんと二人、軽井沢に出掛けた。この時、先生は七十九歳、私は四十代の終わりであった。気楽なお話をということで、先生もくつろいで質問にも応じてくださり、本当に愉しく、貴重なお話を伺うことができた。

その中で、軽井沢の泉の句について伺ってみた。『火の島』に収められた昭和十四年の「信濃居」の群作の中の句で、たとえば、

泉辺のわれ等に遠く死は在《あ》れよ

など、よく知られている。妻と幼子二人の家族での泉辺の句。特定のお気に入りの泉がおありでしょうかと伺うと、「ちょうどこれというような特定のはなくて。よく冗談言ったものです。僕の指さす方からは泉が湧くなんて……」とたのしげに言われ、私たちも笑顔になって。先生は続けて、近い所ではせせらぎの里と名の付くあたりの水流の美しさや、千ヶ滝から中軽井沢駅の方まで続く豊かな水の流れについて説明してくださった。本当に清水も小川も泉のように美しいのだ。泉は先生の詩の原点、詩のいのちの象徴なのだと思った。後で思えば、先生の言葉は先生の

句作の最も大切なところに触れていたのである。

なお、戦後の草田男俳句の泉は、「浅間林中の真楽寺にて。十二句」などと前書付きで登場する真楽寺の大池の中に湧く泉である。

目次

Ⅱ　草田男俳句の世界

中村草田男

私の愛誦句鑑賞

I

愛誦句鑑賞

万緑の中や吾子の歯生え初むる

第二句集『火の島』所収。昭和十四年の作。作者三十八歳。

草田男の代表句として有名で、第三句集もその主宰誌も「萬緑」と名付けられた。万緑はあたり一面、見渡す限りのみどりを言う。宋代の王安石《おうあんせき》の詩句「万緑叢中紅一点」がもとになり、草田男のこの句によって季語として定着した。従来からある、新緑、若葉、青葉、茂りなどと比べてみると、この万緑には漢語からきた重厚さと格調とが感じられる。いかにも夏の大自然の生き生きした緑の色彩感が溢れている。自然界の力強く豊かな生命力を暗示できる季語である。

そういう充実感のある緑の中で、その生命力に呼応するかのように、吾子の歯が生え初め、白く光っている。緑と白との色彩の対照が鮮明で美しく、生命への喜びに満ちている。父親である作者の、吾子への祝福の気持ちが溢れて明るい。それはリズムの張りにも感じられる。「万緑の中や」と中七の途中で切字を用いることによって、リズムがたかまってゆき、「吾子の歯生え初むる」と一気に詠み下して連体形で止めた語法も、よくその気持ちを表している。

昭和十四年には一月に作者の次女が誕生しているので、その娘を詠んだものと思う。個人的体験からのモチーフがよく普遍性を得て、多くの人の共感を誘い、広く愛唱されている名句である。時代が変遷しても、永遠に輝く句と言える。このように生命への賛歌が感動的に詠まれたのは、やはり「万緑」という季語の働きに負うところが大きい。それともう一つは、大きな万緑と小さな白い歯との呼応の妙にあると思う。そしてその点こそ、王安石の原典に拠るところが大きいと思われる。

王安石は宰相を退いて南京郊外に隠棲し、詩文を成した人。その詩の特色は言葉遣いの厳格さと、特に対偶に精密なことが言われている。「万緑」の句の持つ対句的な妙味は、王安石の詩の持ち味の、最も大切な核心を学び取っていると思える。それにしても中国の万緑は美しい。

二年前のちょうど五月に、私は中国を旅して、特に江南地方の緑の豊かさ、美しさに感動した。そして、まことに中国の広さにこそ、万緑という語はふさわしいと痛感したのであった。

草田男の吾子俳句を少し掲げておきたい。

吾子の瞳《め》に緋躑躅宿るむらさきに　（昭和十三年）

あかんぼの舌の強さや飛び飛ぶ雪　（昭和十四年）

赤んぼの五指がつかみしセルの肩　（同年）

蟾蜍長子家去る由もなし

第一句集『長子』所収。昭和七年の作。

長子（第一番目の子、長男）は家を去るような事態の起こり得ようはずがないという意味で、人生における重荷をしっかりと受けとめ、敢然と生きてゆく決意が表明されている。

蟾蜍《ひきがえる》はふつう「蟇」と書くが、蛙（春）と違って夏の季語になっている。単に「ひき」とも言い、「がま」とも呼んでいる。大形で動作が鈍くグロテスクであるが、何となくユーモラスでもある。不敵な面魂を感じさせる落ち着きもあって、作者はそのひきがえるの姿に、直観的に長子に通う本質を見たのである。長子の心情をひきがえるで象徴したと言える。

このように、作者の主観の強い告白的な内容（この句では中七と下五の部分）を、ひきがえるのような具体的な季語の姿で象徴し、読者にその季語を手がかりとして伝える手法は、当時としては実に斬新な季語の用い方であった。そのため、難解だとも言われた句である。

作者は第一句集の『長子』の名をこの句から採っており、その句集の跋に、「私は、単に戸籍上の事実に於てのみならず、対人生・対生活態度の全般を通じて、『長子』にも喩ふべき運命を自ら執り自ら辿りつゝあるものであることを自覚する」と書き、宿命の中の長子の責任と決意を表している。つまりこの句は旧い家族制度の中での、旧憲法での長男の役割というような狭い意味からばかりではなく（もちろん戦前の作なので、そういう意味も含まれてはいるけれども）、一人の人間として人生を生き、社会を生きてゆく覚悟を込めているのであり、さらに言えば、一人の俳句作家としての句作上の立場についても、責務のように、伝統俳句の特質を背負って、それを文芸価値の高いものに推し進めてゆこうという決意も込められていた。

草田男は句作の出発時には、疲れ果てた心身を救うために、「ホトトギス」流の客観写生に徹した句を作り、人生の逃避者として慰みの句作から始めた。その句作の道が次第に「自己を全的に活かす唯一の途」に転じてゆき、後に人間探求派と呼ばれる方向に進んでゆく。その大切な出発となったのが、この蟾蜍の句であった。大学卒業を翌年に控えた三十一歳の作で、草田男の人生そのものが思索し傍観し逃避する立場から、行動し創造する側への変貌の時に当たっていたのである。

人生の上でも句作の上でも、真の草田男の開花を予感させる、まことに象徴的な一句であった。

玫瑰や今も沖には未来あり

第一句集『長子』所収。昭和八年八月、虚子に伴い、北海道ホトトギス大会に出席した途次の作。まだ北海道へ渡る前の青森県の半島での嘱目吟と聞いたことがある。しかし真偽のほどは判らない。ともかく北国の海辺で玫瑰《はまなす》を見た感動から触発されて成った一句であろう。

はまなすは野生のバラ、北国の夏の浜を彩る。花のあと実を結び、その形から「はまなし」(浜梨)の名が付き、それがなまって「はまなす」となったという。紅色が濃く、香りの強い五弁花で、花は野生としては大きく、枝茎には棘がびっしりで、葉裏にも固い毛が密生しており、いかにも過酷な条件の中で生きぬく強靭さを感じさせる。

この一句は一読して、はまなすの花の深紅と背景の海の青さが浮かび、色彩の美が鮮烈に迫ってくる。それが、「今も沖には」というフレーズを鮮やかに印象づける。「今も」というから昔も沖に未来を夢見た時があったのを暗示している。

草田男は生まれた中国厦門《あもい》から三歳の時母と帰国し、五歳まで松前町《まさき》の入江沿いに住んでいた。家の前にすぐ江がひらけ、漁船も繋がれている。そこで見た海の風景は幼い心に強烈な印象を与えたに違いない。その頃の体験や、その後の松山での体験がこの句の「今も」の中に重ねられていると思える。

「沖には」という表現にも注目したい。常に憧憬は遥か遠くにあり、未来もそこに輝くのであるが、身近な所には未来性の失せている現状もさりげなく暗示されているようである。この年、草田男は三十二歳、大学を卒業し、四月に就職をした。社会に踏み出したわけである。その四ヵ月間の教師としての体験も、「沖には未来」に影響を与えてはいないだろうか。また玫瑰が北海道に多い花であることから、新天地として開拓された北海道が、理想通りにはゆかない現実の姿も、この句の背景に考えられるかもしれない。しかし一句としてはそういう個々の事情を超えて、永遠に沖には未来があるという普遍性を感じさせるのがよい。人類全体の未来への憧憬とロマンを感じさせるところがよい。この句にはそれを感じさせる凝縮がある。

カール・ブッセの詩の「山のあなたになほ遠くさいはひすむと人のいふ」（終りの一行）を想起させるが、ブッセの詩の感傷性の濃い抒情表現に比べて、草田男俳句の硬質の抒情を感取すべきである。それは「玫瑰」という具体性のある季語の働きに拠るところが大きい。

むかうから皆迎へ灯の蛍火や

遺句集『大嘘鳥』所収。昭和四十八年作。

中村草田男先生は昨年（昭和五十八年）八月五日に逝去された。もう一年、経ってしまう。先日は日本芸術院賞恩賜賞が故草田男先生に贈られ、その授賞式が六月四日に宮中で行われ、ご遺族が出席された。その受賞を記念して六月二十三日に東京の椿山荘で祝賀パーティーが催された。

その日は土曜日で、ちょうど椿山荘では蛍を庭園に放って蛍まつりが行われ、大勢の蛍見物の客で賑わっていた。私も、無数の蛍が放たれて光る庭園を廻ったが、ひどく心に沁みるものがあって、耐え難い思いであった。

実は昨年の八月四日、夕方から夜更けまで、私は大宮の在の田圃の畦で蛍を見ていたのであった。句友に誘われて数人で出掛けたのである。そこは駅から車でかなり行った一面の田で、話に違わず、農道添いの小溝の草むらのあたりから、蛍が湧き立ち、舞い流れていた。

畦の一つに入り込んでゆくと、蛍の明滅の中にとけ込んでしまい、この世かあの世か判らない闇の広がりの中で、一人、幻の世にいるような気分になり、ひどくはかなく頼りない感じであった。じっとしていると蛍は私の腕や肩にも止まり、髪にも取りついて光った。何故か、生きものの命のかなしさを思って、涙がこぼれそうであった。

夜半近くに家に帰り着いて、草田男先生の危篤を知った。あの蛍の光を見つめて、命のことを考えていた時、草田男先生の命が失われつつあったことを思うと、絶望的な悲嘆につき落とされた。その翌朝、先生は逝ってしまわれたのである。

椿山荘の蛍の明滅の中で、再びあの時の思いが蘇り、耐え難い悲しみであった。

草田男先生は晩年、多くの蛍の句を詠まれたが、それは四国在住の同人からの郵送の蛍がモチーフになっていた。掲出句のほかに次の句もある。

命あゆむ昼の蛍の赤と黒　(昭和四十八年)
よろこびにも女人吐息す蛍の香　(昭和四十九年)
蛍籠へ水噴く音の唇歯の音　(昭和五十一年)

蛍籠のいただき通ふ星の風　（同年）

今回は草田男先生の一周忌を追悼する意味も込めて、蛍にまつわることを記した。生命の根源、エロスの世界を思わせる次のような句もあるのを付記したい。

蛍のにほひこは竜神と母のにほひ　（昭和四十三年）

妻二ヶ夜あらず二ヶ夜の天の川

第二句集『火の島』所収。昭和十二年の作。

天の川は銀河《ぎんが》、銀漢《ぎんかん》、星河《せいが》、明河《めいが》などとも呼び、秋の季語である。夏の末頃から秋まで、天頂へかけて、橋のように目立つ。空気も澄む夜空にひときわ美しく、七夕伝説と結び付いて、古来、数々の歌に詠まれてきた。『万葉集』を始めとして、平安朝の物語や和歌、さらに連歌でも七夕との関連から、恋にまつわるものが多い。その天の川を、そのもの自体の美しさを対象として詠み出したのは江戸の俳諧時代になってからと言われる。近代以降の俳句もその延長上に作られており、七夕伝説とは無関係なものが多いようである。

しかし掲出句の場合はどうであろうか。たまたま妻が二晩不在となった。その二夜の天の川の美しさが、いっそう妻への思慕を掻き立てる。ぽっかりと空虚になった心の中に、天の川はいよいよ実在感を増して輝く。天の川にひかれる心の底に、やはり七夕伝説を背景とした逢瀬のイメージが隠れていないだろうか。あるいは妻と自分との架け橋のような天の川。それ故にさらに天の川は美しく、妻は恋しくなるのである。

この句の美しさは、一つは繰り返しの調べの美しさにある。意味の上では「妻《つま》二タ夜《ふたよ》あらず」と「二タ夜の天の川」と二分されているが、読む時には、「妻二タ夜」でちょっと休み、「あらず二タ夜の」と高まってゆき、「天の川」で最高潮に達する、という読み方をしたくなる。そうすることで二タ夜のリフレインが効果的で、作者の心のリズムが感じられるように思われる。

この前年、昭和十一年二月三日、草田男は三十五歳で結婚した。句集『火の島』は新婚時代の、

夕汽笛一すぢ寒しいざ妹へ
矢絣や妹若くして息白し
妹手拍《う》つ冬雲切れて日が射せば

など、おおらかで明るい愛妻俳句から始まり、

八ッ手咲け若き妻ある愉しさに　（昭和十三年）

妻抱かな春昼の砂利踏みて帰る　（同年）
妻恋し炎天の岩石もて撃ち　（同年）

などの有名な妻恋い俳句を収めている。これらは手放しで妻を讃美しており、原始時代の飾り気のない純真な愛に近い真実性をもって迫ってくる。特にこの諸作が戦前の作であることに注目したい。草田男の女性観には西欧文学の影響も大きいと思うが、しかし何よりも自分の心に忠実だったと言える。

――秋の航一大紺円盤の中――

第一句集『長子』の秋の部の最初に置かれている。昭和八年八月、北海道への途次の作。『長子』には、

印度洋を航行して居る
時もときどき頭をもた
げて来るのは

秋の航一大紺円盤の中　　草田男

といふ句でありました　　虚子

という、虚子の序文があり、このことでいっそうこの句は有名になっている。

「自誦自解　俳句の世界　中村草田男」というレコードがあって、そこに取り上げてある二十句の中にこの句も入っていたことを思い出し、久しぶりに聴いてみた。

それによるとまず読み方として、この句は「秋の航」と五音で切り、以下は一続きで読まなくてはならない。次に、「航」の一字で船旅の意味であること。三番目として、虚子の序文によってインド洋あたりの作と思われているけれど、実際には北海道への青函連絡船に乗っている時の作で、もう後の陸も見えず、前の陸も見えないあたりで、一面海の紺色の円盤の真中に船があり、ちょうど円心にあるようで、船足ものろく、渺茫として陸が見えず、初めての経験で感動したこと。そして、「天地の中にある神の作った幾何学的な現象への驚きと快感から成った句である」と説明している。

以上の自解で、もう何もつけ足す必要はないけれども、この句は際立った特徴を持っている。それは、秋の船旅での海の様子を「一大紺円盤」という、まさにその通り紺色の大きな円盤に違いないが、およそ詩の言葉には遠い科学用語を大胆に用い、しかも漢字の音読みが多くて、強く硬い印象を与えることである。「こんえんばん」のあたりの発音「ん」の繰り返しも、ひびきの強さを与えている。それが、秋という季節の、空も水も空気も澄んだ、張りつめた美しさにひびき合っている。

秋の船旅、それは一大紺円盤の中でした、という事実をそのまま述べただけの句でありながら、斬新な用語とリズムによって硬質の美が生まれ、心の昂りが伝わってくるのが見事なのである。

句集『長子』から、秋の秀吟を少し掲げる。

曼珠沙華落暉も蘂をひろげけり
雁渡る菓子と煙草を買ひに出て
蜩のなき代りしははるかかな
蚯蚓なくあたりへこゞみあるきする
蜻蛉行くうしろ姿の大きさよ

友もやゝ表札古りて秋に棲む

第二句集『火の島』所収。昭和十四年の作。

草田男が結婚したのは昭和十一年二月。昭和十二年には長女誕生。この十四年（三十八歳）には一月に次女が生まれ、十一月に『火の島』が出版された。俳人としても「俳句研究」の座談会から、楸邨・波郷とともに「人間探求派」と呼ばれるなど、内外の注目を集め、活躍が目ざましかった年である。

掲出句、前項に書いた「秋の航」の句と同じように、レコードに「自誦自解」がある。それによると、自分もかなり遅かったが、同じように、やや遅く家庭を持った友、畏友と呼べるような友が、東京郊外に住んでいて、時々訪れていた。結婚後一家を構えて表札を出していたのが、やや古くなっている。自分も家を守って静かに暮らしているが、友もまた、この世における憩いの場所、安息の場所に自分の身をおろして、生活を続けつつある。自分も、友の上も、祝福するような気持ちを表した句である、というような自解がある。

つまりこの句で大切な点は、「友も」の「も」に注目することである。自分もまた、同じ状態であることとからくる親しさと安堵と祝福したい気持ち。それが友を詠うことで親しみ深く、なつかしく表現されている。しかもそれら一切を、やや古びた一枚の表札（それは多分木製のもの）だけに焦点を絞って一句にした点が見事である。

ここには善良な市民としての平凡な幸せへの共感があり、作家としては強烈な自我を持っていた草田男の別の一面をよく伝えている。深まる秋にふさわしい、人なつかしさをさそう句である。

独身時代の草田男はどんなふうに友を詠んでいたのだろう。句集『長子』を探してみると、

秋晴や友もそれぐ\祖母を持ち

があった。これは昭和八年、三十二歳の作である。

この句の背景には、草田男の祖母に対する特別に深い思いがある。草田男の父は外交官で海外生活が長く、母もともに留守の期間があり、祖母に育てられることが多かった。(祖父は草田男四歳の時、死去した。)大正十一年、二十一歳の時、祖母が丹毒のため急逝し、その死を眼前にして大きな衝撃を受け、生死の問題に苦悩したことは、よく知られている。

「友もそれぞれ祖母を持ち」という時、「友も」と言いながら、幼時への郷愁が色濃く詠われ、安心して甘えられる魂のふるさとを、祖母に託しているのである。

――冬の水一枝の影も欺かず――

第一句集『長子』の冬の部の第二番目に置かれた句。昭和九年、三十三歳の作。

この句の前に置かれた、

冬空は澄みて大地は潤へり

とともに、凜とした寒気が感じられ、その自然の中での、作者の張りつめた心が伝わってくる。

「冬の水」の句については、その成立事情などに関して、作者の自解があるので引用してみる。


或る一日の独歩吟行の帰途、夕冴えの野水辺に佇んでいた際に、眼前の即景が網膜に沁みこんでこの一句が獲得された。ただし、どこかの部分の表現が未だ十全でなかったが、数日以後に武蔵野探勝会で立川郊外の曹洞宗の一寺へおもむき、そこで崖下の水辺に独り身を置いていているうちに遂に全表現が完成した。虚子師は直接に口頭で私の作品を褒めたことはない。この日の吟行に同行していた四女の高木晴子さんが、「あの一句が披講された折にお父さんが独りで唸り声を挙げていたわよ」と私に報告してくれた。


以上の自解で、かなり苦心の作であることや、虚子も感嘆した句であることが判る。実際、「草田男の一句」という時、この句を挙げる人がかなり多い。草田男の代表的秀吟の一つである。

この句の読み方では「一枝《いっし》」に注意すべきである。「一塵も余さず」という場合の「一塵《いちじん》」と同じように、「たった一本」の意で、強調した表現である。それで音読みにしなくてはいけないと、作者も言っている。

「冬の水」のしんとした冷たさ、澄みきった様子、鏡のように磨ぎすまされた水面の感じが、一枝の影もごまかしなく、隅々まで、枝の先々まで、明瞭にくっきり映っていることで、しっかりと捉えられている。そのことで、冬の水のきびしい感じばかりでなく、それを取り囲む冬の自然のきびしさ、さらに寒気そのものが、凍りついたように見えてくる句である。

冬の水に木の枝が映っている情景は、我々もよく見かけることである。この句は、その目前の景を写生しており、特別に作者の思想や心理、あるいは抒情性などを加えた句ではない。作者は即物的にありのままに詠んだ句と言っている。しかし、「欺かず」という強い擬人法の表現は、単に風景を写生したという以上に、草田男独自のものがある。対象こそ冬木を映した冬の水という一風景ながら、強烈な個性が滲んでいる。なによりも、冬の水にふさわしい気迫が読者に迫る句である。

焼跡に遺る三和土や手毬つく

第四句集『来し方行方』所収。昭和二十年の作。

もう七、八年前になるが「現代俳句との出会いの一句」という短文を求められて、ためらわずこの句を書いたことがある。私が初めてこの句を目にしたのは大学時代の昭和二十六年頃であった。一読した時の強烈な感銘は今でも忘れ難いものがある。

戦災で一面に焦土と化した町、その焼跡に三和土《たたき》が平らに残っており、子供が無心に手毬をついて遊んでいる。

国がめちゃめちゃになった敗戦の年、大人たちが絶望してみじめな無力感に落ち込んでいた時に、この手毬で遊ぶ子の姿は一つの救いであったに違いない。一切が焼けて失われ、たとえ平らな地面しか残らなくても、大切に持ち出した毬一つがあれば、たちまち遊ぶ子の姿。そこには日本の将来を託せる希望の姿がある。敗戦によっても失われずにあったもの、それを見出し、日本の蘇りを信じ、明るい将来を祈りたくなる、そういう敗戦後間もない頃の想いを、この句は見事に定着させている。しかも「手毬」が新年の季語であるところから、新春の感慨として読めばいっそう意味深い句になってくる。

学生だった私が特にこの句に感動したのは、作者の文学性とか思想性とかの内面的な思いが、生《なま》の形でなく、具体的な物に依って、写実的手法で詠まれている点であった。この句では焼跡の三和土と手毬の子と、その二者を取り合わせただけで、それに対する作者の主観的な語句は何も加えていない。それでも読者には、作者の祈りが直観的に詠み取れる。こういう俳句があったことに私は感動し、俳句という形式を信じ始めたのであった。

後から思えば、こういう共感の底にあったのは、空襲で一夜にして焼野原となった町に住んでいた、私自身の子供の時の体験であり、それが鮮やかに二重写しになって私の心に焼き付いてしまったのである。作者と読者の共通体験が、特に感銘を深くする好例である。

母姉の禱りの前を手毬の子

当時、私はこの句も「焼跡」の句と同時作と思い込んでいた。しかしこちらは昭和二十四年作、句集『銀河依然』に載っている。戦争末期、男子のほとんどは戦地へ赴き、子供を守っていたのは女たちであった。「母姉の禱り」はあるいは未帰還の夫や兄の無事への祈りであり、あるいは二度と戦争の起こらないことへの、平和への、混乱した世への痛切な祈りと思われた。その祈りの前で無心に手毬をつく女の子は平和の象徴のようであった。

勇気こそ地の塩なれや梅真白

第四句集『来し方行方』所収。昭和十九年、草田男四十三歳の作。本土への空襲が頻りとなり、妻子の疎開のことも考えねばならなくなった頃である。高等学校の学徒は工場勤務となり、現場へ出張講義に行ったと、年譜にある。

この句はそういう時代を背景にして、まだ寒い中で凛々しく真っ白に咲いている梅の花に託しながら、勇気こそが「地の塩」のように大切なものだと、力強く詠い上げている。この句には自解があって、やや長文ながらよい解説になっているので、次に引用してみる。

此句の「地の塩」は、もちろん、聖書中の「汝等は地の塩なり。塩もし其味を失わば、何を以てこれに塩せん。もはや用なく、外に棄てられて、ひとに踏まれんのみ」に淵源している。聖書の此一とつづきの文句中では、「地の塩」は「信仰者」を指しているのだが、後には――他者によって生成せしめられるものでなくて自ら生成するもの、他者によって価値づけられるものではなくて自らが価値の根元であるもの――の意味に広く用いられる。十九年の春――十三歳と十四歳との頃から手がけた教え児達が三十名「学徒」の名に呼ばれるまでに育って、いよいよ時代の火のルツボの如きものの中へ躍り出ていこうとする、「かどで」に際して、無言裡に書き示したものである。折から、身辺には梅花が、文字通り凛烈と咲き誇っていたのである。

右の自解にもある通り、この句は出陣の近い教え子たちの門出に際して示された句であるが、教え子に対してだけでなく、作者自らに確認しているような感じがある。それは「こそ」の強めの助詞と、「や」の切字を用いて強いリズムを成した、語句の勢いによるものであろう。その中七までの強烈な感慨を、「梅真白《うめましろ》」が見事に受け止め、定着させている。こういう「思想性」「社会性」といった要素を、詩的に美しく結晶させたのは、草田男の大きな功績であった。そしてそれは季語を象徴的に用いるという独自の用い方によるところが大きかった。

もう一つこの句では「地の塩」というマタイ伝にある語句を用いたことで、宗教的な深さと西欧文明にも繋がる普遍性が獲得されたことを考えねばならない。実際、いつの時代どこの国にあっても、人間として生きてゆく上で、勇気こそは根源的な大切なものであろう。

この句は草田男夫妻の眠る墓石に刻まれている。草田男の代表作であり、夫人も特に好まれた句に違いない。

種蒔ける者の足あと洽しや

第四句集『来し方行方』所収。昭和二十二年作。この前に、

種蒔くや廃墟に鳩の舞ふことよ
掛け抱く嚢《ふくろ》大きく種蒔くかな

の二句があり、掲出句と合わせて三句が一連の世界を形成している。

「種蒔」の季語は、本来は籾を苗代に蒔くことを指すもので、春の彼岸前後から行われるので、もちろん「春」の季語である。しかし右の句の場合は、農作物の種を畑に蒔いた状況である。

この句にも自註があって、それによると、終戦の翌春に、中島飛行機製作所の全区画が廃墟と

して放置されていた頃のことで、そのすぐ傍の焼土の一部分がいち早く畠らしいものに整えられて、人影はなかったが、全面に地下足袋の足跡が接続して鮮やかに残っており、種が蒔かれたことを直覚したと言うのである。

そうすると、三句が同時に作られたとすれば、前の二句は、すでに眼前にはなかった様子をイメージによって成した作となろうか。そう思ってみれば、第一句目の、種蒔きと舞う鳩との取り合わせは、いささか知的な構成が感じられるかもしれない。第二句目は、ミレーの「種を蒔く人」のイメージが強い。そして第三句目の掲出句こそずば抜けた秀吟である。草田男俳句の最高の一句としてあげる人も多い。

畠に、種を蒔いた人の地下足袋の足跡が鮮やかに残っているのは、我々も目にすることである。草田男もその足跡を目にした。そして写生の眼を根底として、その眼前の実相を凝視しながら、目に見えない奥深いところまで見てしまったのである。それは何なのか、作者は自註の終りに次のように書いている。

種の蒔かれたところからは必然的に生命あるものが生い出でてくるに相違ない。『復興』などという言葉の暗示するよりも以上に、万物の生命力の弥栄《いやさか》の啓示に私の総身は喜びに打震えた。

ここにこの句のキーポイントが示されている。作者は足跡から種を思い、生命を思い、万物の弥栄の啓示を直覚している。それは不思議な神のなせるわざである。この句がどこか宗教的な深い感動を読者に与えるゆえんである。しかも、一句の上では足跡しか詠まれていない。これらの奥深さは、ただ一語「洽《あまね》しや」にかかっている。写実を基にして写実を超える、実相から真実への道が、この「洽しや」一語で、我々に示されている。

夕桜あの家この家に琴鳴りて
夕桜城の石崖裾濃なる

第一句集『長子』所収。この句集は年代順ではなく、春夏秋冬の順に収録されており、「帰郷二十八句」より始まる。昭和九年三十三歳の春、亡父の墓を整えるために、母とともに故郷松山に帰った時の作である。大正十四年に一家は東京に転住しており、九年ぶりの故郷で、作者の心にさまざまな感動を与えた様子が、二十八句に溢れている。その巻頭には、

貝《かい》寄《よ》風《せ》に乗りて帰郷の船迅し
土手の木の根元に遠き春の雲

の二句が置かれ、その次に最初に掲げた「夕桜」の二句が続いている。この一連の作品は、翌十年の六月から十一月へかけて「ホトトギス」に発表されたが、当時から評判が高く、この第一句集では制作年にはかまわずに、巻頭に据えられたのである。それだけ作者にとっても自信作であり、愛着の深い作品であったことが判る。

掲出句は、同じ夕桜の句でも、あの家この家に琴の音がひびく前句の方は、いかにも城下町らしい雰囲気で、浪漫性と唯美性がつよい。夕陽に照り映える桜は琴の音色にいっそう浮かび上り、つややかな美を見せている。しかもその背後にはすでに夕闇がただよいはじめているのであろう。桜を最も美しい時刻に、最も美しく演出したような句で、その抒情性がなつかしく心にひびく句である。

後句の方は、桜と城との配合で、素材から言って最も日本的な世界である。松山城を詠んだもので、頭上を圧するような高い石崖の城である。それが裾をひき、その裾の方が濃い色になっている。「裾濃」というのは元来は衣や鎧《よろい》などを、上は白く下へだんだんと色を濃く染めたものを言い、色はきまってはいないけれども、王朝の頃から、色と言えば紫というイメージが強いので、この句でも紫を帯びた色が石崖の裾の方で濃くなっている様子が目に浮かんでくる。

松山城の石崖は花崗岩《みかげいし》の肌で、上の方はしらじらと見え、裾に到るほど錆色が濃く、紫色を帯びて見えたのである。その時、ちょうど夕日がまむかいから射して、城の周囲に植えてある桜が美しく照り映えており、石崖は裾濃によって、いよいよ高く聳えている。

過去から未来へしっかりと残ってゆく、純日本的な美の世界がそこに屹立している。それが草田男の故郷松山のシンボルでもある。草田男の故郷への賛歌であり、それは同時に日本の根源的な美への賛歌にもなっている。

母の日や大きな星がやや下位に

ここでは、中村草田男という俳号（ペンネーム）についてまず書くことにする。草田男は「くさたお」と読み、「くさだお」と濁らない。先生は濁った呼び方を嫌われ、お腹の中が濁っているようで不快だと言われた。

草田男先生の本名は「清一郎《せいいちろう》」で、これも清らかな名前である。俳号については、「自誦自解俳句の世界　中村草田男」のレコードで、説明されている。

『萬葉集』に「乎久佐壮子《おくさお》と乎具佐助丁《おぐさすけお》と潮舟の並べて見れば乎具佐勝ちめり」という歌があって、その「をくさお」がヒントになったらしい。『萬葉集』の「乎久佐」は地名と思われるが、その音《おん》から「小草男」のヒントになったと思われる。

レコードでは『萬葉集』のその歌などから、「ちょっと、とぼけたような名前」「あんまり、もっともらしくない名前」で「ちょっと気楽な名前」を付けた。「中村という姓が、どこにでもある平凡な村」を意味するので、その「田んぼを草だらけにしている怠けものの百姓のようでおもしろい」と思って付けたと説明されている。

つまり「草田男」は田んぼに草を生やしている男という、ユーモアのある名前である。

掲出句は第六句集『母郷行』所収。昭和二十九年作。

母の日は言うまでもなく、五月の第二日曜日で、母の愛に感謝を捧げる日である。元来、アメリカのウエブスターの町に源を発した、キリスト教徒間での行事で、日本の教会でも大正二年以来、母の日が行われてきたという。しかし一般化したのは戦後で、各家庭にすっかりとけ込んでいる。亡母をしのぶものは白、健在の母の場合は赤のカーネーションで、感謝の印とすることなど、よく知られている。

掲出句は、その母の日も夕方になって、星が光り始め、よく見ると、やや下の方の低い位置に、大きな星が光っているのが目についたのである。その、やや控え目な下位にある様子から、従来の日本の母親の控え目な姿が思われ、しかも大きな星の輝きからは、母親の愛情にみちた、大きな存在を思わせるものがある。

つまりこの句では、母の日の母の姿が、それも外見的な姿ではなく、内面的な母親のありようが、やや下位で輝く大きな星によって象徴的に詠まれている。このように具体的な写実の手法を用いて、「母の日」のような抽象的な季語を象徴的に表現することは、草田男俳句の大きな特色になっている。

花柘榴情熱の身を絶えず洗ふ

第六句集『母郷行』所収。昭和二十九年、草田男五十三歳の作。

ざくろは「石榴」と書くのが正しいと言うが、草田男はいつも「柘榴」の字を当てた。歳時記の例句を見ても、両様の表記が見える。

石榴の花はちょうど梅雨どきに開くので、その朱がかった赤色が特に目立つ。いつも雨に洗われるせいもあり、もともとが蕚《がく》につやもあるので、晴れた日などはひときわ輝く。観賞用の八重咲きのものをハナザクロと呼び、果実を採る方をミザクロと呼んで区別するという。しかし、歳時記の「石榴の花」の項にある例句で「花石榴」と使っているのは、特に観賞用の種類でなくても、ザクロノハナという六音がリズムの上で使い難いため、一般に「花石榴」と便宜的用法をしたものが多いと思う。

草田男は赤色が好きだったし、石榴の花には特別な感懐を持っていた。それは次に示す自解に明らかである。

七、八歳の頃郷里の町で私は数名の女友達に囲まれていた。或る軍人の未亡人の娘姉妹、その姉の方と私は一方ならず親しんで、石榴の花下で遊び睦んだ記憶は消えることがない。

彼女はゲーテの「ウィルヘルム・マイステル」の中の独立した短章「美しい魂の告白」の女主人公の具現者の如くであった。後年新教の牧師の妻として奉仕の一生を成就して夭折してしまった。中学以後の私は遥かから目礼を交わすだけであったが彼女の存在は「聖なるもの」其物であった。

つまり草田男にとって、石榴の花はその「聖なる」存在であった女性のイメージとともに、常に蘇るのである。それにしてもこの自句自解は、草田男の女性観の根底にある、女性への憧憬と賞賛が、幼少期の体験から大きな影響を受けていることをよく示している。

掲出句は、その石榴の花に触発された情熱の身を、絶えず洗おうと言うのである。「絶えず洗ふ」は、「絶えず洗はん」の自戒の意味であると、作者自身で書いている。そうなればこの情熱は洗わねばならない類のものということで、女性へのパッションと考えてよいのであろう。

草田男は、この時五十三歳の壮年期に当たり、絶えず洗わねばならない情熱を身中に秘めていたと思われる。草田男は豊饒な官能的なものを、強力な理性と意志で制し続けた人だったのであろう。

花柘榴われ放埒をせしことなし

この句などは、その間の事情を推察させるに充分である。他にも花柘榴の句はいくつもあるが、終りに一句。

健気さが可愛さの妻花柘榴　（『来し方行方』）

蜥蜴の尾鋼鉄《まがね》光りや誕生日

七月二十四日

我鬼忌は又我誕生日菓子を食ふ

第一句集『長子』所収。両句とも、昭和九年の作。作者三十三歳の誕生日の句である。この年の春、亡父の墓を整えるため、母とともに松山に帰郷し、六月には「ホトトギス」同人となった。翌年、福田直子とめぐり合い、昭和十一年に結婚したので、この句は未だ独身時代の誕生日である。

草田男の誕生日は、二句目の前書にあるように、七月二十四日で、梅雨も明け、どっと暑さが押し寄せる時節である。この暑い最中の誕生日のためか、草田男は夏を最も好んだ。「私にとって最も喜ばしい季節」と書いている。教師にとって長い夏季休暇があり、解放される季節だから、ということとも言われたことがある。

蜥蜴《とかげ》は石垣の間などでよく見かけるが、大きくなると褐色になり、体側には黄白色で縁どられた黒い線が走っていて、全体になまなましい生命感、ぬるぬるするような気味悪さのようなものがある。なかなかすばしこい動作をするが、時にふっと止まったりもし、腹を地につけるように走る。熱帯的な雰囲気である。尾が長くて目立ち、しかも切れ易く、切れても尾は無気味に動く。だから蜥蜴の句には尾に関するものが多い。

この句の場合は、その尾が鋼鉄《まがね》のように光っていると言う。それは炎天の下、強烈な太陽光線のために、つややかに黒光りする様子である。蜥蜴が最も強靭さを示し、強烈な美しさに輝く瞬間である。その生命感の旺盛な様子が、誕生日の自己の生命への賛歌に繋がっている。いかにも青春期にある作者らしい生き生きとした句である。

二句目は、ちょうどこの七月二十四日が、芥川龍之介の忌日であることを思っている。昭和二年に三十六歳で自殺した龍之介は、それより七年後の、三十三歳の草田男にとって、かなり身近な思いもあったのではないだろうか。「我鬼忌は又」という詠い出しに、かなり龍之介のことを追慕していた雰囲気があるように思う。

我鬼忌と自分の誕生日が同じ日であるのは、全くの偶然にしかすぎない。そう思いながら作者は「菓子を食ふ」のである。この菓子はバースデイ・ケーキのような上等のものでなく、駄菓子のようなありふれた菓子がよい。龍之介のことを考えているので、どこか空虚な雰囲気が流れ、自分の誕生日だからと、ふと気を取り直して菓子を食べる。そのあたりの心の動きが、そこはかとなく伝わってくるのがよい。「我鬼」の音が「餓鬼」と同じであるのも、「菓子を食ふ」に微妙にひびき合っている。

月の座の一人は墨をすりにけり

第一句集『長子』所収。昭和五年の作。草田男が「ホトトギス」に投句を始めたのは、この前年の昭和四年、二十八歳の時からである。この「月の座」の句は、投句を始めて未だ一年余という頃の作である。この頃は「ホトトギス」流の句風になじむことに懸命だったので、この句にもその当時の「ホトトギス」の句風が感じられる。

月は古来、雪月花の一つとして大切にされ、詩歌にもたくさん詠まれてきた。ただ「月」と言えば、それで秋の天文の部の季語であるが、この句のように「月見」「観月」は生活の部の季語である。古くから秋の月は賞美されてきたが、特に陰暦八月十五日の十五夜と、九月十三日の十三夜とは、中古以来特別に祀られてきた。現在でも芒や秋の七草を活け、団子、芋、豆、柿、栗など供えて月を祀る風習は広く行われている。歌会や句会も多く開かれている。わざわざ月見の名所に出かける人も多い。

掲出句では、その月見の宴が催され、中の一人が墨をすっていると言う。何人か集っている中の、たった一人の動作だけを詠んで、その他は一切省略されている。しかし、読者はそこから、むしろ省略が多いがゆえに、いっそうさまざまなことを思い浮かべることができる。その、すった墨を使って、当然、短冊や色紙が書かれるのだろう。あるいは句会が始まるところだろうか。古風に筆で句を書いたりして、その一座の人々も句を案じているのだろうか。静かな雅宴の時の流れと、月光の美しさなどさまざまなイメージが広がる。つまりこの句の良さはこの省略による言外の豊かさ、余情の深さにあると思う。

遥かにも彼方にありて月の海

同じく句集『長子』所収の句であるが、こちらは昭和七年の作である。この句になると、たった二年の差であるが、もう、まぎれもなく草田男の個性がはっきりと現れている。

「遥かにも」「彼方にありて」と、実に大らかに伸び伸びとした調子で詠い下してゆき、下五「月の海」に、すべてが収斂された句形である。やや短歌的と言ってよいほどの、ゆったりした抒情の流れが、「月の海」という眼で確かに見える広がりで、しっかり俳句的に受け止められているのである。

月光の照らすこの海は、遥か遠くに光っているがゆえに、若い作者の憧憬の世界を象徴しているかのように、強く印象づけられる。作者の浪漫的気質が、自然に流露した、美しい句である。

空は太初の青さ妻より林檎うく

第四句集『来し方行方』所収。昭和二十一年の作。

真青な空と、林檎（秋の季語）との対照が鮮やかで、強烈な印象を与える句である。

「太初」は、天地のひらけた始め、太始のことで、本当に、真青な大空は天地のひらけた最初から、同じ色をして存在している。その悠久な空の青さに対して、妻から林檎を手渡された作者の喜び。実際には室内で、剝いてある林檎を受け取ったのかもしれないが、この句からのイメージでは、大空のもとで、丸のままの真紅の林檎が、妻から夫に手渡されるようで、その色彩の対比もリズムの張りも、大らかな詠みぶりも、すべてが原始時代の素朴な人間謳歌に繫がるように思える。

その上、色彩の鮮やかさが、やや油絵的、西欧的なので、「太初」の言葉の使われ方からも、旧約聖書に記された禁断の木の実の話を想起させるところがある。アダムとイブが蛇に誘惑されて、この実を食べ、楽園から追放されたという禁断の知恵の木の実の話である。

読者にそれら豊かな西欧文明の世界を匂わせながら、まことに個性的で大胆な句になっている。

実はこの句には前書が付いている。

居所を失ふところとなり、勤先きの学校の寮の一室に家族と共に生活す。

昭和二十年、妻子を始めは秩父町へ、次いで軽井沢へ疎開させた草田男は、七月には学徒農村通年勤労隊に付き添い、福島県下に行き、同地で終戦を迎えることになる。八月末に帰京したが、留守宅を託した人が移転をしてくれないので、仕方なく妻子を成蹊の明正寮の一室に住まわせたのである。

つまり掲出句の背景として、終戦後の社会混乱、食糧難などがあるばかりでなく、個人的にも、住宅難という生活不如意が重くのしかかっていた。そう思って、あらためて掲出句を読めば、「空は太初の青さ」には、戦争で敗れ、国がめちゃめちゃになりながら、大空だけは、太初のまま無傷に輝いている、その大自然の悠久の美が強く印象づけられよう。その下で、妻より受ける林檎一顆は、何ものにも替えがたい宝石のように輝いている。たとえ寮の一室の不如意な生活でも、平和な一家の団欒がそこにある。終戦後の庶民のつつましい幸せがそこにある。前書を付けずにはいられなかったのである。

しかしこの句の優れた点は、そういう時代相や個人の事情を超えて、一句として強烈な詩情を保っていることにある。それは作者の強靱な詩精神の所産であった。

あたゝかき十一月もすみにけり

第一句集『長子』所収。昭和六年の作。

毎年十一月になると、必ず思い出す句である。そして本当にそうだとうなずいてしまう。気候の状態は毎年異なるので、暖かくない十一月があっても、それは、その年だけが例外だったと思えてしまう。

実際、東京近辺の十一月というのは、案外おだやかで暖かい日が多い。小春、小六月というのは陰暦十月の異名だが、それは陽暦ではちょうど十一月に当たるわけで、小春日和の日が多いのである。ただ、十一月は秋と冬との境目であるから、北国と南の国ではずいぶん大きな差異があり、この句の十一月は関東から以西ということになろうか。草田男の故郷のある四国の方で、最も適合する句だと書いている人もあった。

この句は十一月の本意そのものだけに焦点を絞った句である。十一月には日が短くなり、しぐれが降り、木枯が吹き出すといった翳りの面もある。この句では、十一月の最も良い面だけをクローズアップしている。

草間時彦氏がその著『俳句十二か月』の中で、この句について、「要するに十一月という月に対する挨拶である。『俳句は存問の詩』という虚子の言葉そのものなのである。」と書いておられる通りである。そして、いよいよ来る十二月のきびしさへの思いが言外にある。これ以上単純化できないという、ぎりぎりまで単純化することで、無限と言ってよいほどの余情を得ている。

句集『長子』は、四季順に配列されているが、制作年代順に配列替えをした本に、『中村草田男句集』（角川文庫）がある。今、それに拠って、掲出句「あたゝかき……」の前後を見ると、

捨菊をまはりから水漬しけり
残る音の虫はおどろくこともなし
どろ靴を落葉の上に踏み入るゝ
あたゝかき十一月もすみにけり
短日や母に告ぐべきこと迫る
三日月のそむきて高き夕かな

というような句が並んでいる。「捨菊を」の句は忠実な写生句で、しかもどこかで見たことがありながら見逃していた風景であり、「残る音の虫」は確かにこんなふうだと思わせる。「どろ靴」の句も、繊細な感受性で、日常生活から詩情をすくいあげていることに気付く。

「短日」の句と「三日月」の句には、若かった草田男の、のっぴきならない心情が率直に詠われている。

焚火火の粉吾の青春永きかな

第二句集『火の島』所収。昭和十四年の作。

発表は十四年の始めに入っているが、その後に師走の句や次子誕生の句があるので、実際には昭和十三年秋から初冬の頃に出来た句と思われる。この十三年には、草田男三十七歳で、冬に犬吠埼や九十九里に遊び群作を得、八月には伊豆大島で多作し、句集に火の島の句百句ばかりを収録しているほどである。草田男の生涯の中でも詩情噴出、多作の時期であり、積極的に座談会などにも出席、文筆活動も多忙であった。翌、昭和十四年には有名な「人間探求派」の呼び名の付いた座談会「新しい俳句の課題」に出席しており、草田男の立場が確固たるものになった時期である。

一方、実際に草田男の青春は永かった。大学を卒業したのが昭和八年三十二歳の時であり、昭和十年三十四歳の年に、十回の見合のはてに、直子夫人とめぐり合ったのである。結婚は翌年三十五歳の時で、三十六歳の時に長女が誕生している。

こうして漸く安定した家庭を持ち、作家活動も充実し俳壇でも地歩を築いた時、掲出句が生まれたのである。

燃え上る焚火の火の粉を見ながら、しみじみと自分の青春の永さを思い、確認している趣である。自分の永い青春をよしと思いつつも、しみじみとふり返っている趣があり、年齢的な青春時代の果てにきているような感じがどこかにあるのは「永きかな」の「かな」の重い調べによると思う。ふわふわと夢見がちな、無分別になり易い、青春の只中にあるのとはいささか違った手応えがある。精神的な青春期への示唆が感じられる。

この句の独特な良さは、「焚火火の粉」とたたみかけた、上五の字余りの調べにある。読者はまず、燃え上る焚火をイメージし、すぐに飛び散る火の粉をその中に見る。そこに青春の激しさや美しさやはかなさを一瞬にして感得する。下五の「永きかな」がふつうの青春の短さ、はかなさに対して、ずしりと重く感じられるのである。「焚火火の粉」はまことに象徴的に置かれている。

精神的な青春性の永さは、作家の場合、その作品に表れる。草田男作品の『長子』『火の島』『萬緑』とまさに青春性横溢の作品群であり、その後も、生涯青春性に貫かれていたと言ってよい。草田男自身、次のように、永遠の青春を創ることを言っている。

自分自身が自覚して、青春期といふものを自ら一生創りあげてゆかねばならない、実質的に青春期を持続させてゆかなければならないのです。

旧《きゅう》景《けい》が闇を脱ぎゆく大《おお》旦《あした》

第八句集『時機《とき》』所収。昭和三十五年作。作者五十九歳の新年の詠。新聞紙上に発表した年頭吟の一つ。

大旦《おおあした》は元日の朝である。元旦と同じであるが、下五には大旦の語がしっかりとして座りがよい。その元日の早朝、あたりが次第に明るくなってくる様子を詠んでいる。「旧景」というのは、考えてみると意外に用例が少ない語ではないだろうか。大漢和辞典などにも旧景という語は載っていない。古くからの、元からある風景、常に見慣れていた景色という意味であろう。それはまた、旧年の景でもある。

その見慣れていた旧年の景色が、だんだんと闇を脱いで、元日の朝の新しい景色に移り変わってゆくのである。たしかに、同じ町の同じ大通り、同じ家々が立ち並んでいる風景でも、あるいは空や木々の風情でも、元日の朝の景色は何となく改まった感じで、どこか前日とは違っている。それは掃除が行き届いているとか松飾りがあるとかだけではなく、見る側の人の心が改まっているゆえでもあろう。

兼好法師も『徒然草』の中で、「かくて明けゆく空の気色、昨日にかはりたりとは見えねど、ひきかへめづらしき心地ぞする。大路《おおじ》のさま、松立てわたして、花やかにうれしげなるこそ、またあはれなれ。」と書いている。元日の朝は空の様子さえも、うって変わって珍しい感じになるのである。

掲出の句では、あたりの景色から闇が薄れてゆくという平凡な事柄なのであるが、「旧景が闇を脱ぐ」と擬人化したために、旧景が新年の新景に変わりたくて、汚れたものを脱ぎ捨ててゆくようなニュアンスが生まれている。つまり「闇」の語に二重の意味が感得される。実際の夜の暗さの他に、旧景が持っていた汚れや乱れなどの悪く醜いものも暗示されていると思える。

それは個々の具体的な景色、たとえば家々とか街路樹とか大空とかのような一つ一つを指さずに、「旧景」という一括した表現にして、すべてを包み込んでしまったのが、この句の場合は成功したのである。単なる表面的な景色を詠んだ写実だけの句ではなく、作者の新年に寄せる思想的な面を合わせ持つ句になっている。

元日の朝にふさわしい、新しい年への希求が込められた句になっている。清浄な新景がそこに誕生するのである。同時掲載の句から二つ掲げたい。

正邪みな前向きすすむ大旦

大挙して友が弾き初め聴きにゆく

日向ぼこ父の血母の血ここに睦め

第八句集『時機』所収。昭和三十六年の作。作者は六十歳の還暦の年である。

日向ぼこは「ひなたぼこり」の略で、ひなたぼっこすることも言っている。日向に出て暖まることであるが、純日本式家屋の広い縁側や濡れ縁などの日溜りで、のんびりと真昼の日射しに暖まるのが最もふさわしいだろう。公園のベンチも良いが、風が吹き抜けるところではやはり寒い。よく晴れた無風の日の楽しみである。なお、「日向」や「日溜り」だけでは季語として使えない。

掲出の句では、日向ぼこをしながら、体がほかほかと暖かくなるにつけて、体内をめぐる血液に思いをめぐらし、父親と母親との血の流れが自分の体内で融合することを実感したのである。さらにはその、それぞれの祖からの血の流れもここで融合することの実感でもある。それを、「父の血母の血ここに睦め」とそれぞれの血に呼びかけている語調が、まことにユニークな表現で、特に「睦め」というあたりに、父と母への愛情表現が感じられる。父母の血が自分の体内で睦み合うことへのよろこびとなつかしさが感じられよう。

草田男の父は外務省勤めの官吏で、草田男出生時には清国領事であった。だから草田男は清国福建省廈門の日本領事館で生まれている。父は草田男が二十五歳の時、五十三歳で急逝した。その青春時代にはいわゆる「紅露（紅葉・露伴）双璧時代」の文学の心酔者で、終生文学への強い思慕を持ち続けた人だったという。母は草田男が五十一歳の時、七十歳で没した。父親の方が純情型で、母親の方がむしろ理性型に属した人であったという。

日向ぼこの句には自註があって、その中で次のように書いている。

父母の比較的短かかった夫婦交情は内地と外地とに隔絶されている期間がやや永かっただけに、却って親密の度を濃厚にしていたともいえる。しかしそれよりも、日向ぼこをしつつ己が肉体の総脈管を流通する血液の源を思いやっているうちに、永遠の昔からの有縁多数者の血がここで渾然一体に睦み合っている事実に震撼された。

この自註で、そのモチーフは言い尽くされていよう。表現上のことで一言補えば、モチーフに応じたリズムの良さがあげられる。特に中七の、ちちのち、はははのち、という「ち」の音の反復によるリズム、下五の、ここにという「こ」の反復などである。声に出して一句を誦すれば、父の血母の血の対句用法とともに、脈打つような躍動感があって、生き生きと力強い句風が伝わってくる。

雛の軸睫毛向けあひ妻子睡《ねむ》る

第二句集『火の島』所収。昭和十三年作。作者三十七歳。

この前年十二年に長女、三千子《みちこ》出生。この句の「子」はこの長女の姿であろう。読み方として「妻子《つまこ》」は「さいし」と読むのかもしれない。その方が音調は整う。しかし、少しばかりよそよそしい感じもするので、ここでは「つまこ」と読んで、親しい感じを強くしておきたい。

雛祭は女の節句、草田男家ではその後三女が生まれ、男性は草田男一人であった。何故か、雛の句は少ない。既刊の句集の中では、次に掲げた句と僅かに二句を見るのみである。

この句、雛の軸とあるので、雛祭の時に床の間かどこかに雛の絵の掛軸が飾ってあるのだと思う。その前ですでに安らかな睡りに入っている妻と子の姿である。やっと寝ついた嬰児に、安心して睡りについた母親。その母と子が顔を向け合っている姿を、実にほほえましく、平和な姿として、喜びに満ちて眺める若い父親の姿が見えてくる。自分が守るべき平和な家庭の幸福のエッセンスのような図である。それが雛祭の雰囲気と実にぴったり合っている。

この句の中心はもちろん妻の姿であり、幸福に浸っている女性のまぶしい美しさである。それが最もよく現れているのは「睫毛向けあひ」のところで、顔を向け合うと平凡に言わず、睫毛と言ったことで、寝顔の美しさ可憐さが生き生きと読者のイメージに浮かんでくる。若い女性とみどり児との、向き合った睫毛の黒くて長くやや潤んだような様子は、想像しただけで、すなわち一幅の絵のようである。軸の雛との対比がまた、なかなか洒落ているのである。

肌白く褪せつゝ永久《とわ》に二た雛

第三句集『萬緑』所収。昭和十五年の作。

この句を読むと、文化財などに指定されているような古い地方の豪族の家とか旧家などで、先祖から伝わっている由緒ありげな古雛を思い出す。観光用にガラスのケースの中などに飾られていて、見かけることがある。雛の衣裳の方はどんどん色褪せるが、肌の白さも不思議な褪せ方で、この世ならぬものになってゆく。人間の方はどんどん生き死にして代が替わり、雛は永久に保存されてゆく。考えてみれば奇妙な雛の運命である。

古い風俗では、形代《かたしろ》の人形《ひとがた》を川に流し、祓《はらえ》の思想であった雛人形が、むしろ永久に残ってゆく不思議さである。右の句はそういう雛の本質への洞察が感じられる。

そら豆の花の黒き目数知れず

第一句集『長子』所収。巻頭の「帰郷二十八句」中の一句。昭和九年三十三歳の春、母とともに九年ぶりで松山に帰った時の作である。この時の一連の作品は実に生き生きとしており、故郷に帰ったなつかしさと、その風物にふれた心の弾みが、直接、読者にも伝わってくる。

春山にかの襞は斯くありしかな

これは「東野にて」の前書きがあり、なつかしい春山の山襞を見つけて、今も斯くあることへの感動が示され、

麦の道今も坂なす駈け下りる

の句では、麦畑の道が昔通り坂をなしていることに感動し、子供の頃そうしたように駈け下りてみる、という心の弾みが本当に楽しい。自然諷詠的な俳句の作り方になじんでいた当時の多くの人々にとって、この下五の「駈け下りる」という表現はずいぶん斬新なものであったに違いない。

草田男は句作の方法について次のように述べている。

「私は対象の生命に直接に触れて、身のうちに感興の湧き勃《おこ》ってきた其の瞬間だけを信じる。

それで――感興其物の力に任せきりのようにして、殆ど半ば『やっつけ』に其場で作品をまとめてしまう。後日にいたって表現の上に『仕上げ』を施し、彫琢を加えることは滅多にない」と。「春山」や「麦の道」の作品ではこの句作方法が成功し、実に生き生きと表現されている。

掲出の「そら豆」の句も全く同じで、これほどそら豆の花をそのものらしく生き生きと描き出した作品は他にないと思う。一度読めば覚えてしまい、そら豆の花を見ると、必ず思い出す句である。実際、そら豆の花の特徴はどこにあるかと言えば、あの黒い斑である。中央アジアや地中海地方が原産地と言われ、世界で最も古い栽培植物の一つと言うが、古い昔から暖地で咲きつぎ、黒い目で空を見上げ続けてきた花である。

黒い目が「数知れず」あるのがいい。一面のひろがり、風に揺れたりしてさらに数がふえそうである。実はこの句には自註があるので、引用しておきたい。

望郷の句の一つに「四角な茎に空豆《そらまめ》咲けば故郷《くに》恋し」というのがある。それだけに、大学を遅く卒業し、父の展墓を兼ねて久し振りで母と帰郷し得た際には、この「畑の花」に身を囲まれて真から喜びの想いに占領されてしまった。あの地方は二毛作で麦の畝の間にいち早く「そら豆」の畝がしつらえてあって、苗代作りにかかる以前にその開花や結実が見られる順序になっていたと記憶する。(以下略)

とらへたる蝶の足《あ》がきのにほひかな

第一句集『長子』所収。昭和八年作。作者三十二歳で大学を卒業し、成蹊学園に就職した年。日本にいる蝶は三、四百種もあると言い、真冬以外はほとんど一年中見られる。しかし蝶の姿の美しさを賞《め》でる意味で、単に蝶と言えば春の季語になっている。春の蝶には紋白蝶や紋黄蝶が多い。夏の蝶には揚羽の類が多く、蜆蝶などは秋の蝶に入る。

この句は蝶の美しさを写生した句ではない。視覚による句ではない。蝶を捕えて、掌の中に閉じ込めている様子である。蝶は逃がれようとして足《あ》がく。その羽からは粉がこぼれ、羽の震えや細い脚のごそごそした触角が、まず伝わってくる。それらをまとめて、「にほひ」に転じている。何か、足《あ》がきの全体からくる生きものの必死の抵抗感、しかも、何ともはかなく美しいものの命のうごめきを、匂いに転じている。それは必死ないのちの瀬戸際の匂いである。それにしても、読者の官能に訴えてくる魅力が強烈である。どこかに、押さえられた性的欲求の変形した匂いがありはしないだろうか。

句集『長子』には、「春」の部にこの句を含めて四句、蝶を詠んでいる。その中で

蝶々の土をうちつゝ草葉うら　（昭和七年）

の句は、春先きの蝶のまだちょっと弱々しい様子を思わせ、写生の目の確かさを感じる句である。

歩み来る胸の辺に蝶飛び別れ　（昭和九年）

の方は、ずっと元気のよい蝶で、何となく夏の蝶のような雰囲気を持っている。実際の製作時期も真夏らしい。もう一句は揚羽の句で、本来夏の部に入るものである。

それらに比べて掲出句は春先の舞い初めた蝶とも違い、揚羽のような大型の夏蝶とも違う雰囲気を、何となく持っている。編年体に直してある句集で見ると、初秋の頃に出来た句らしい。芒の句と露の句の間にある。それで何か納得するものがあった。小ぶりだが元気のいい蝶の感じである。いささかの哀れさも秋蝶らしいのではないだろうか。

この句からすぐ思い出す句に、蕪村の、

うつゝなき抓ミごゝろの胡蝶哉

がある。これは二本の指の間に蝶をつまんでみると、夢のような感触だったという句である。草田男はこの蕪村の句について、これは感覚だけの句、一種の頽廃味にも通じる触感を詠ったもので、感覚の歓びに独立と自主の権利を与えている点で、一種の近代性を持つと評している。草田男の句の方はもっと全人的把握である。

あかるさや蝸牛かたく〳〵ねむる

第一句集『長子』所収。昭和七年作。

蝸牛は「かたつむり」「かぎゅう」「ででむし」「でんでんむし」「まいまい」などと読めるが、この句では四音に読むのがよいと思うので、「ででむし」か「まいまい」であろう。「まいまい」は古風なので、ここでは「ででむし」と読んでおく。

草田男はかたつむりが好きであった。もっとも誰でも小さい頃には好きだが、大人になると害の方も考えて、単純に好きだとは言えなくなる。しかし草田男はかたつむりも含めて、小さな虫に愛情を示した。それはこの句の自句自解にも書いてあるので、まずそれを掲げたい。

作者は小動物が好きである。一番最初の記憶中には松前《まさき》海岸における赤い蟹があり、それに直ぐ続く松山での記憶中には付近の神社の竹垣に雨後群れていた白色がちの蝸牛の姿がある。この一句は句作を初めた当初「蝸牛や何処かで人の話声」などと相前後して多摩河原近くの静かな村の石垣径で出来たのであったと思う。石垣に殻の口を密着させた蝸牛は、私の幼時そのものが永遠の極度の明るさの中にあって、最も健やかな永遠の安眠をつづけてみせて呉れているかのような安堵相として私の眼に映ったのである。

この自解に出てくる「蝸牛や何処かで人の話声」の句は、昭和五年の作なので、掲出句と一緒の時ではない。この句の方は「何処かで」が句集では「どこかに」となっている。「どこかに」と平仮名書きにして、しかも、「に」にした方が、やや事実そのものを離れて、広がりや深さが出ており、蝸牛そのものは強く印象づけられる。

掲出句では「あかるさや」のところに焦点のあることが判る。これはその日の事実的な明るさ、つまり太陽の明るい、梅雨の晴れ間などのまぶしいほどの天候とか、真昼の明るさとか、そういうその日の状態を指すだけではなく、作者の心象風景の明るさに繋がっていたのである。それは自解にあるように、作者の幼時体験での雨後の白々とした蝸牛であり、その記憶の呼びさました幼時そのもののイメージの明るさであった。

その記憶の中の蝸牛も、眠り続けていたのである。「かたく〳〵ねむる」というのは、眼前の蝸牛の様子ばかりでなく、永遠に安住する魂のふるさとの姿でもあった。

他の小動物の句を参考までに書いておきたい。

蚰蜒に寝に戻りたる灯をともす
なめくぢのふり向き行かむ意志久し
みちのくの蚯蚓短かし山坂勝ち

七夕や男の髪も漆黒に

第一句集『長子』所収。昭和九年作。作者三十三歳。

この年六月に「ホトトギス」同人となっている。前年に大学を卒業し、この年には「ホトトギス」の座談会や、小品・随筆の発表などを、毎号のように同誌や「玉藻」に載せたりして、俳人としても活躍の目立つ年である。結婚は二年後になるので、この年には独身男性として最も意気旺んであった頃である。

たまたまちょうど手元に「俳句四季」六月号が届いて、それに「中村草田男アルバム」が載っている。その中の一枚に、「見合写真の草田男　昭和十年」の註がある。それを見ると、面長の美男子で、まことに魅力的である。後年の広い額をしのばせるように、ふつうの人よりは若い頃から額が広いように思えるが、なにしろ若いので、髪が黒々としている。この写真を見ていると、掲出句は、草田男自身の自画像ではないかと思えてくる。

七夕は言うまでもなく、古代から行われた棚機《たなばた》つ女《め》の祭であり、それが、中国伝説の牽牛・織女二星の星合《ほしあい》の祭と習合したものである。複雑な要素を持つ祭であるが、一般的には、星の恋のロマンと、七夕竹に託す願いをかなえてもらうこととが知れ渡っている。

いずれにしても、恋の雰囲気がまつわる祭である。そういうロマンの雰囲気に、男の髪の黒さを詠っている。しかも「漆黒に」と言う。漆のように黒くて、光沢のある色である。どこかに濡れた感じのする黒である。乾いた髪ではなく濡れて黒々した髪、それは、元来、女が髪を洗ったり水浴びをしたりした七夕の風俗や、天の川を渡る逢瀬や、この夜必ず問題になる雨降りのことなど、さまざまな要素と結び付き、通い合うものがある。「漆黒」の一語が実に大きな効果をあげている句である。しかも「男の髪も」と、言外に女性の髪の漆黒さをほのめかしているのも巧みである。作者の自画像と考えると、いっそう深い味わいが感じられる。

句集『長子』には、七夕に関する句は他に、

負はれたる子供が高し星祭　（昭和六年）

軒つゞき縁つゞきなり星祭　（昭和七年）

の二句がある。二句ともに初心の頃の作として、素直な詠いぶりである。掲出句に到って、七夕の本質に迫り得たことが判る。後年の作の中では、

七夕や手休み妻を夕写真　（昭和二十九年）

美厨にも俎をさなし星祭　（昭和三十三年）

などにそれぞれ草田男の個性が表れている。

咲き切つて薔薇の容《かたち》を超えけるも

第七句集『美田』所収。昭和三十一年の作。

この句について、たまたま昭和六十一年六月八日付朝日新聞の「折々のうた」欄に、大岡信氏がすばらしい文章を添えておられるので、その文章の引用から始めたい。

『美田』（昭和四十二年）所収。草田男は虚子の薫陶を受けたが、早くから独自の俳句観をもち、花鳥諷詠を超え自己と大自然そのものの律動を一体化させる境地に現代の俳句の根源を求めた。あえて西欧的な意味での「詩人」とも共通の基盤に立とうとした俳人だ。バラが咲き切り、ついにはバラのすがたを超えてバラの本質だけになったと嘆賞するこの句、彼のそんな志の表現そのものとも読めよう。

これだけの短文の中に、草田男の核心を書ききった見事な文章である。

特に、この句のポイントを、「ついにはバラのすがたを超えてバラの本質だけになった」という捉え方には驚嘆してしまった。私はずっと長い間、この句を無限の時の流れにゆだねたバラの姿として捉え、「バラの本質だけになった」「志の表現そのもの」とは読み取れていなかったからである。

もう十年も前の昭和五十二年に私は次のようなことを書いた。

高校の国語教師として俳句の単元が出てくると、補助教材として多くの俳句を示した中で、草田男の俳句では、「世界病むを語りつつ林檎裸となる」と「咲き切って薔薇の容を超えけるも」の二句が生徒の予想外の共感を得たこと。二句を比べると「世界病む」の方は高校生の心を引きつけるに十分な要素を持つこと。

しかし後の薔薇の句の方は、薔薇の最もそれらしい美しい姿――百貨店の包み紙にあるような――を超えて、開き切った薔薇を見つめる写生の眼が根本にあって、それに時の無限な流れが感じられる、ちょっと特異な句であり、何故若い心の共鳴度が高いのか、不思議に思っていた。ところが、五年ほど前に、作者自身が語ったものを記録した中で、この句は「かなりハッキリとリルケのある種の作品からの影響――それを摂取しようと意識することが微塵もなくて――が現れ、作用していることに気が付いて、かなり驚かされた。」とあるのを見て、なるほどと思った。高校生のナイーブな心に、リルケ的世界が直観的に感じられて、特に西欧的な詩の世界を好む人達に共感を得たのではないだろうか。

（角川書店「国語科通信」に書いた「中村草田男」より）

右の文を書いた十年前から、何となく、この句の鑑賞に関して、私なりの固定観念を持っていたのであった。

葡萄食ふ一語一語の如くにて

第五句集『銀河依然』所収。昭和二十二年の作。

葡萄を見ると必ず思い出す句である。葡萄は虚子編の『季寄せ』その他に十月の季語になっているが、かなり早くから出廻っており、七月頃には店頭に並びだす。もちろん、種類が多いことにもよるのであろう。

掲出句が出来た昭和二十二年頃には、戦後の不如意な生活はかなり回復したが、まだとても充分とは言えず、食べものに関する句も多い。

有形有限南瓜トラック駆け消えぬ　（昭和二十二年）
日々の糧《かて》おほむね黄なり夜々の月　（同年）
胃袋大の麵麭手袋の掌《て》に軽し　（昭和二十三年）
肉食たのし風の南天雨戸叩く　（同年）

その他、果物では林檎の句が多い。葡萄の句は他にあまり見当たらない。この句は、葡萄を一粒一粒食べる時の感慨が、実に無理なく実感として伝わってくる。葡萄はそんなに速くは食べられない。ちょうど、一語一語を吟味しながら用いるのと似たところがある。イチゴイチゴノゴトクというリズムも、ぽつりぽつりと切れたような感じがあって、食べる速度と微妙にひびき合っている。「にて」止めも、「かな」とか「なり」などのような強い断定的な止めと異なって、軽く口ごもりながら消え去るような趣で、消え失せる葡萄や言葉の雰囲気に適切に用いられている。

この句については、私の個人的な思い出を書いておきたい。草田男先生が逝去されたのが、昭和五十八年八月五日であった。その日に通夜、六日に密葬が行われた。その次の七日が日曜日で、前々から句会の有志で吟行に行くことになっていた。皆、悲嘆にくれてとても吟行どころではない気持ちであったし、家で静かに籠もっているのが当然のようにも思えた。しかし一方では、こういう時こそ句作に励むのが、亡き師への一番の恩返しのようにも思えた。それに悲しみが昂じて、妙に気持ちが落ち着かない。それでやはり吟行に出かけることになった。

たまたま、葡萄が一箱あったので、私は出掛ける時にそれを幾房か袋に入れて持って行った。行った先は、実は私の住む町の某大学の農場で、前から見学の申し込みがしてあったのである。約束した十人ほどが皆集まり、誰もほとんど口をきかずに、ひどく真剣に句作に熱中した。

持参した葡萄を皆で分けて食べた時、ふと、

師の一語一語や葡萄はひかりの粒　　柚子

の句が浮かんだ。もちろん、最初に掲げた草田男俳句をふまえている。これはもう、ひとりでに出来た句であった。

富士秋天墓は小さく死は易し

第四句集『来し方行方』所収。昭和十七年の作。

この句集は昭和十六年春から昭和二十二年秋までの七百余句が収録してある。ちょうど、戦中から戦後へかけての時期で、日本全体が困難な大変動期であったが、草田男個人も精神的に困難な要素が重なっていた。再出発を期して、その跋には、「作品は生みつづけられなければならない。此世に、避け得られない死といふものが存在し、抑へ得られない愛といふものが存するが故に」と書いている。

掲出の句は昭和十七年、つまり戦時下の作である。ずいぶん力を入れて作ってあり、繰り返し声に出して読んでみると、一種の気負いさえ感じられる。それは、その前後の富士を詠んだ句と比較してみると鮮明になる。

富士現《あ》れてハンケチさへも秋の影
秋富士のかなた病友文を待つ
富士秋天墓は小さく死は易し
秋富士は朝《あした》父夕《ゆうべ》母の如し

第一句目は見えて来た富士山の秋らしい気配に、手のハンケチまでもが秋の影を持つように感じられたのであろう。秋富士の雰囲気が捉えられている。二句目はその秋富士を眺めながら、その彼方に病む友のいることを思いやっている。自分からの手紙を待っているだろうと思う。富士に寄せての感慨が、秋の季節感を生かして詠われている。四句目はその秋富士を、朝は父の如くであり、夕方は母のようだと言っている。秋の富士のきっぱりした爽やかな強さと、夕方の淋しい雰囲気でのなつかしい姿とが、巧みに、父母にたとえられている。これら三句のナイーブな詠い方に対して、三句目だけが際立っている。作者の強烈な主観が、一オクターブ高く詠われているような感じである。

「富士秋天《ふじしゅうてん》」という字余りが、まず重々しい。「秋富士」と言うのと違って、秋天を背負った富士が高々とそびえ立つ様子である。秋天にあまりにもきっぱりした、はがねのように強靭な富士である。秋天も張りつめている。その大自然の強さに対して、人間の営みは、「墓は小さく死は易し」とまことにはかないのである。所詮、もろく小さな存在なのである。しかし、そのもろさやはかなさを表現するにしては、「墓は小さく死は易し」というリズムは、内容に対抗するような張り、緊張感を伴っているのではないだろうか。人間の小さなもろさを、憤っているかのように。死は易しと言いながら、決して易くはないと主張しているかのようである。

戦時下の作という背景が重い意味を持っていよう。

木葉髪文芸永く欺きぬ

第一句集『長子』所収。昭和八年作。

この年草田男は三十二歳。三月に大学を卒業し、四月に成蹊学園に就職した。八月には虚子に伴い、北海道ホトトギス大会に出席している。

「木葉髪《このはがみ》」という季語はなかなか味のある言葉と言える。晩秋から初冬にかけては、木々の葉が落ちる。いわゆる落葉どきである。ちょうどその頃に、人間の方も毛髪が普段より余計に抜ける。それを自然界の木の葉の散るのにたとえて、木の葉のような髪ということで、木葉髪と呼ぶのである。俗に「十月の木の葉髪」という諺があったのをふまえているようである。陰暦の十月であるから、現在で言えば十一月頃の木の葉髪ということになろう。

言葉としては古くからあったというが、季題になって実際に作品に詠まれたのはそう古くはな

いらしい。昭和二十二年発行の改造社の歳時記での例句を見ると、

木の葉髪すくや土産のお六櫛　雪　渓（ホトトギス）
おとろへの見えし鏡や木の葉髪　落葉女（ホトトギス）
新しき櫛の歯にあり木の葉髪　虚　子（続ホトトギス）

などのように、いずれも実際に髪を梳いた時の、抜けた毛髪を見ての感慨が詠まれている。そこには年老いてゆく嘆きもからんでくる。

こういう例句と比較してみると、草田男俳句の斬新さがよく判るのではないだろうか。この句に対する草田男の自註があるので引用したい。

幼い頃から、外界を忘却する程度にまで文芸の世界に魅了されて、次々といろいろな作品を読み耽ってきた。それらの作品は、真・善・美、あらゆる要素と方向についての、此世ならぬ完全な世界を心の眼の前に展開してみせてくれた。そして、——私はいつの間にか、愚かにも、フィクションの世界と現実の世界とを混同してしまっていたとでもいおうか、——文芸が、かかる麗わしい世界が、此の地上のどこかに存在し、他日いつかは自分の身の上にも訪れてくることを私に約束して呉れているかのように信じこんでしまっていた。しかし今、中年の秋に臨んで、ふと気づいてみれば、一切は虚妄であったとの思いのみが徒らに痛切で

ある。

こういう感慨がこの句を創らざるを得なかった根本の要因であると、草田男は書いている。つまり「文芸が永く欺いていた」というのは読者としての立場なのであって、自分が作家志望か何かになり、不遇で世に出られなかった嘆きではないのである。ここで木の葉髪は、夢から覚め現実を知った中年の、嘆きの象徴になっている。

深雪道来し方行方相似たり

第四句集『来し方行方』所収。昭和二十一年作。

この句集の跋に「過ぎしものゝ回顧を蔵し来るべきものゝ展望を孕んでいる題名であるが、まことに私は、時代、国家と共に、己自身も亦、来し方と行方とを劃する微妙な一線の上に佇っていることを意識する」とある。ちょうど敗戦直後の混乱期であり、言ってみれば、すべての日本人が来し方と行方との境に立っていた時であった。そうした中で、掲出句では「来し方行方」が「相似たり」と言っている。そう思わせたのは「深雪道」のためである。

雪が深く積もった中を、どこまでも歩み進んでいる時には、全くどこまでも真白の壁が続き、風景も真白が続き、行く方も、ふり返ればすぎて来た道も、すべて相似た様子に違いない。つまりこの句はそういう実際の体験の上に立って、実際の道のありようから、写実的に詠われているのだが、同時に、道や来し方行方という言葉が観念的な世界を意識させるので、作者の人生の上の過去や未来を思わせ、人生の詠嘆を感じさせる二重構造を持っている。しかも、読者を納得させる詩的な感動の源は、あくまで深雪道という現実にある。

この句には特殊な背景がある。この昭和二十一年(作者四十五歳)の一月、妻の父である福田弘一が信州の疎開先で急逝した。草田男は直ちにおもむき、

思へば二度父失ふやこたびも雪
記憶を持たざるもの新雪と跳ぶ栗鼠と

を始めとする五句を、さらに、その喪の家では、

鼠・犬・馬雪の日に喪の目して

を始め三句を詠じている。これらの句は小動物が登場して、いかにも雪の高原の喪にふさわしい清純さに溢れている。

こういう背景のもとに、さらに、次のような前書があって、掲出句は書かれている。

二月三日、義父歿後の雑事を果さんために、出先の地より更に深雪の中を軽井沢町へおもむく。途上にありて、今日は我等が結婚記念日なることを思ひ、今更に十年は経過せりとの感深し。三句

青空や雪の浅間ゆ両開き
深雪の照り双頬へ来てそを熱す
深雪道来し方行方相似たり

つまりこの句は、結婚十年目のちょうど結婚記念日に詠まれたことが判る。すると、この句の「来《こ》し方行方《かたゆくえ》」は、多分に作者の結婚生活の営みについての感慨であると思われてくる。現実の深雪道から遊離せずに、しかも個人の感慨を込めつつ、普遍性をも得た句なのである。

餅焼く火さまぐ〵の恩にそだちたり

第四句集『来し方行方』所収。昭和十九年作。草田男四十三歳。

一月に第三女の出生があった。本土への空襲もしきりとなる年で、妻子の疎開地の実地検分もしている。

餅は何と言っても日本の正月の中心となる食物である。近年は松飾りを廃したり、鏡餅は略したりする家も多くなったが、それでも雑煮を食べない家はほとんどないと思う。餅つきもせずに米屋やスーパーあたりで買ってきても、それでも餅を食べないと正月とは思えないのが日本人の心情であろう。パック入りのものは一年中売られ、いつでも食べられるけれども、正月の餅はまた別の意味を持っている。

この句ではその餅を焼きながら、餅をふくらませてゆく「火」の方に焦点を当てている。その火によって餅は手ごろに柔らかくなってゆく。それはちょうど、人が誰でも多くの人のさまざまな愛を受け、恩恵によって育ってゆくのを思わせるのである。単に「餅焼くや」であると、中七以下の感慨はかなり一般的にありがちな説明になってしまうが、「火」を焦点に据えたことで俄然しっかりした描写が生まれている。場面感も生き生きしてくる。

このことについて、『萬緑季語選』の中に、草田男自身がとても判りやすい解説をしているので、次に掲げておきたい。

「餅焼くや」と意味だけを主とせずに「餅焼く火」と具体描写になっているのは、故郷で多年父母代りに私を育ててくれた祖母との生活のイメージが先ず直接に甦ってくるからである。年頭の伸餅、餡餅、それからも永く水餅を日毎焼いて食べた。金網の真下の真赤な炭火、その色と明るさが真白い餅の厚さを透して.幸福に眼に映じた。祖母の愛を手近に、海外から呼びかけてくる両親の愛、親戚の愛、教師の愛、友人の愛――過去半生を振返ってみると、あらゆる存在とそれとの愛憎両面をあげての触れあいの総体、それを総括して「恩」と称えるべきであることに気づく。

右の自解によってこの句は、直接の動機は眼前の餅焼きにあったとしても、その多くは回想上の光景、幼時体験のイメージが鮮やかであったことに拠っていると判る。そこで、さまざまの恩に育った幼時の自分を想い出し、一句はすっと筋が通って、無理なく仕上ったと言える。もう一つ、さまざまの「愛」と言わずに、「恩」と表現したところに、作者の洞察と認識が働いている。ごく個人的な発想から、普遍性を得るための機微が、この辺にあることを思わせる句である。

寒星や神の算盤《そろばん》ただひそか

第五句集『銀河依然』所収。昭和二十三年作。この年、草田男は四十七歳。

この句の「寒星」の読み方は、草田男自身の読み方に従って「カンセイ」とした。しかし一般的には「カンボシ」と読むことが多いと思う。念のため歳時記を調べてみると、「冬の星」の傍題として「寒星」を掲げているものでは、平凡社・明治書院・講談社などの各歳時記で「カンボシ」と振り仮名をしている。一方、角川の『図説俳句大歳時記』を始め「カンセイ」と振り仮名をしている本も数種ある。考えてみれば「カンセイ」の方が音読みとして整っている。しかし、耳で聞く場合には、即座に星のことだとは判りにくい。私としては一般的に読む場合には「カンボシ」に未練がある。

草田男が自身で読んでいるのは「自誦自解　俳句の世界　中村草田男」のレコードである。久しぶりにそのレコードを聞いてみた。その中で、この句の鑑賞の手掛りになるいくつかのことが語られている。

「寒星」は寒い星、寒天に出ている星、寒い空の星であること。次にこの句の出来た動機として、何十年来の親友であり尊敬していた友だちが亡くなったあと、ある晩、海に近い淋しい所に泊まった時、夜中に眠れなかった時に出来た句であること。そこが海の近くで広々として空がよく見え、都会と違って、一番星からぬか星まで、らんらんとさんさんと輝き、特に大粒の星がたくさん出ているのを見た時に、心象として「算盤《そろばん》」の言葉が出てきたこと。目に見えない神が、ちょうど人間が算盤でいろいろ計算するように、人間の命の長さ、宿命、決まった運命などは、おごそかな神の法則、神の意志によるもので、それが、寒星の大きな調和相として、しかも冷徹にこの世の中を動かしている。神の力に総てをおまかせしなければならないのだと、崇高なものに打たれた。

大体以上のような自解がなされている。

実際、冬の星は凍星《いてぼし》、荒星《あらぼし》などと言われるように、強烈に目にも心にも印象づけられる。スバル、オリオン、シリウスなど、よく知られる星も鮮やかである。大粒の星の定位置の輝きは、神の算盤とたとえるのにふさわしい。

そういう形の上からも、さらにその星が象徴する、より深い哲学的な洞察からも、この句は見事な統一感を持っている。それは「神の算盤」という見事な措辞を直観的に摑んだ、草田男の詩人としての天賦の才であり、全人的な句作方法である。友人を亡くした心の痛みが前提にあったことは大きな示唆を与えている。

春草は足の短き犬に萌ゆ

第一句集『長子』所収。昭和九年作。草田男三十三歳。

春の草は萌え出たばかりの柔らかさと瑞々しさがあり、雑草でもみどりは美しく、待ちこがれた春の到来を告げる。その春の草の辺に、犬が居る風景で、ごくありふれた取り合わせなのだが、足の短い犬だったところに詩が生まれた。

萌え出たばかりの未だ丈の低い春の草には、足の短い犬こそがふさわしかったのである。可愛らしい小犬がイメージされる。足が短いので、体の毛が春草に触れそうな感じである。毛の長目の犬がよりふさわしく思われる。そういう、ふさわしい二者の配合を、春草が自分の意志で、足の短い犬を選んで萌え出したように、擬人化して表現したのがこの句の特色である。そう表現することで、一句の中心は「春草」の方に置かれ、最も春草らしい春草、この季語の魅力を最大限に引き出すことに成功している。

この句について、「足の短い犬への同情が中心だ」と評している本があるが、読みすぎであろう。あくまでも柔らかく瑞々しい春草と足の短い可愛い犬との触れ合い、戯れ合いの楽しさ（それは早春の楽しさ）を、読者もまた、一緒に楽しめばよいと思う。

ひた急ぐ犬に会ひけり木の芽道

同じく昭和九年作。木《こ》の芽は春の木の芽の総称である。一面に木々の芽吹きで、いかにも春らしい風情雑木林の中を抜ける一筋道などがふさわしい。そこで前方から来た犬とすれ違う。これも取り立ててどうということのないとなった道である。ところが、その犬がひたすら急いでいたという。そこに詩が生まれた。風景である。

ひた急ぐ犬というのは、ひた走る犬というのと違って、走っているとは思えない。早足で歩いている感じがする。何か一つ目的を持って、一途にそのことのために急いでいる感じがする。つまり、「ひた急ぐ」と表現した時、作者はかなり犬の心の中に入り込んで、犬の思いをくみ取っているニュアンスがある。それでいて客観視した表現でもある。

ひた急ぐ犬は一途で、利口そうである。つぶらな瞳をして、ちらっと作者を見ただろうか。その犬の真面目な顔つきはどこか人間くさい感じがする。作者はその真面目さに、その雰囲気に感動したのであろう。出会いの面白さ。そして何となく、作者の自画像を思わせる独特なものが感じられる。木の芽による季節感も弾んでいる。

妻抱かな春昼の砂利踏みて帰る

第二句集『火の島』所収。昭和十三年の作。草田男三十七歳。

昭和十年、三十四歳の時には見合を十回もして、十二月に福田弘一の次女・福田直子とめぐり合った。十二歳違いの同じ丑年生まれであった。翌十一年の二月三日に、二十三歳の直子と結婚。従来の住居の門前の借家に新居を構えた。

日野草城が「ミヤコ・ホテル」十句を「俳句研究」に発表したのは昭和九年の四月号で、翌十年に室生犀星がその作品をほめたことから、草田男が批判し、論争に発展したことはよく知られている。草田男の愛妻俳句にはその論争の何らかの影響があると考えられる。

妻ごめに五十日《いそか》を経たり別れ霜　（昭和十一年）
妻禱る真黄色なる夕焼に　（同年）
妻二タ夜あらず二タ夜の天の川　（昭和十二年）
吾妻かの三日月ほどの吾子胎《やど》すか　（同年）
八ッ手咲け若き妻ある愉しさに　（昭和十三年）
薄暑日々妻とわかたん暇乏しく　（同年）

直接に「妻」と用いてある句を順に書き抜いてみた。昭和十三年にはすでに前年生まれた一女があり、世田谷区下北沢に転居もしている。「若き妻ある愉しさに」は草田男の真情であり、「妻とわかたん暇乏しく」も本音の嘆きであろう。そうした頃のある日、掲出句が生まれた。

春昼の砂利をきしきしときしませながら踏み帰る男。その歩きにくい砂利道や、そのきしみ音が、男の心の中を鮮明に描き出している。「妻抱かな」への具体的な景である。「抱かな」の「な」は古語で、意志を表している。「……しよう」の意で、「妻を抱こう」の意味である。なま暖かい春の昼下がりの、けだるさの中に、一刻も早く家に帰りたい、妻を抱きたいという、若々しい情熱が、何のてらいもなく直截に詠出されている。

この句に嫌味がないのは、一つは「抱かな」という万葉時代の古語を用い、古代人のおおらかな恋心のようなイメージにしてあることで、この上五のところを現代語に書くと、いきなり生々しくなって詩情を失うことでその効果がよく判ると思う。用語の配慮である。

もう一つは「春昼の砂利」という具体的な物が置かれて、客観性のある現実感、リアリティがあることである。それによって作者の若い情熱が浮き上がらずに、しっかり定着している。そして一番大切なことは、西欧の文学になじんでいた草田男にとって、真の恋や愛は崇高で美しいものであり、夫婦間の愛情は積極的に肯定するべきものという目覚めた意識があったことである。それが、句のリズムの張りとなって、生彩を放つのである。

手の薔薇に蜂来れば我王の如し

第一句集『長子』所収。昭和九年作。五月は薔薇の美しい季節なので、薔薇の句を幾つか選んでみた。その中でもこの句は実に楽しい雰囲気を持っている。

薔薇は中国系の野生のバラも鎌倉時代には日本に入っていたというけれど、何といってもヨーロッパ系の栽培種の大輪のものなどが、すぐにイメージに浮かぶ。その名もクリスチャン・ディオールからホワイトクリスマスまで、西欧的な洒落たイメージを与えるものがたくさんある。宮殿の庭園にふさわしい花で、イギリスの古城や貴族の城館などには溢れるほど咲いているところが多かった。

右の句でも、そういう西欧的なイメージの上に成り立つ情趣が濃い。一輪切った大輪の薔薇。それは真紅のイメージであろう。その芳香に魅せられて蜂が来れば、その蜂は自分の親衛隊のようである。そういう豊かなものたちを手中にしている自分は、まるで王様のような気持ちになるというのである。いつか、童話の世界にでもまぎれ込んだような気がしてくる。思いきり反り返って胸を張る王様。大いばりで、それがかえって稚気を感じさせる愛すべき王様。そんなほほえましい王の手の薔薇である。

西洋物の舞台を見ているような、喜劇の一場面のような楽しさがある。それにしても、薔薇にも刺があり、蜂にも剣があるから、やはり王様という発想は微妙にひびき合うところがあるのもおもしろい。リズムでは、下五が六音の字余りになっており、「王の如」とせずに言い切って、重々しい感じを出したのも、威張っているようで、この句では効果をあげている。

草田男の薔薇の句は年を追うごとに、さまざまな深い相を見せており、掲出句は特異な存在である。

薔薇の襞為し得る仕事重なりて　（『銀河依然』）

これは昭和二十四年の作。薔薇の花びらの重なりに、「為し得る仕事」の重なりを見ている句で、薔薇はここでは象徴的に用いられている。

薔薇咲く上に住みて若さよ二階住　（『母郷行』）

この昭和二十八年の句はまことにナイーブに用いられている。薔薇は明るい若さの、青春性のシンボルと言えようか。

緋薔薇のかず十指に余れば身に余る　（『時機』）

この昭和三十四年の作になると、すでに中年の感懐であることは明瞭であろう。五十八歳の作。

二人づつの縁《えにし》過ぐるよ薔薇の前　（『草田男全集』）

この昭和三十八年の作では、薔薇はやはり若さのシンボルであり、過ぎゆく二人連れが人生を暗示している。

六月の氷菓一盞の別れかな

第一句集『長子』所収。昭和八年の作。

この句はほとんどの歳時記に例句として入っているが、「六月」の季題の例句にしてあるものと、「氷菓」の例句になっているものとがある。古い方の虚子編『新歳時記』には「六月」の例句になっており、この句が出来た頃には「六月」の句と考えられていたと思われる。平凡社の『俳句歳時記』も同じである。

ところが、『萬緑季語選』（昭和四十七年）や『草田男季寄せ』（昭和六十年）などでは「氷菓」の項に入れている。この「氷菓」は「氷菓子《こおりがし》」と同じで、アイスクリーム、ソフト・クリーム、アイス・キャンデーなどの総称であるが、主にアイスクリームとアイス・キャンデーを指すことが多い。氷菓子の語は古くからあったが、氷菓は割合、新しい用法である。

『草田男季寄せ』の解説には「中村草田男の直話によれば、この季語は、この「六月の」の句が生まれたさいに、はじめて用いた。」とあって、草田男の造語であることが記されている。こういう事情からこの季語を重く見て、「氷菓」の部にこの句を入れているのであろう。他にも「氷菓」に入れている歳時記がある。

しかし近年の歳時記では、たとえば講談社のものや明治書院のものなど、また、「六月」の方に入っている。やはりこの句は「六月」の句と考える方が妥当のようである。特に最近はアイスクリーム類は一年中食べるため、次第に季感も薄くなりつつある。

六月は仲夏。野山は緑深く、風物すべて夏らしい装いとなる。梅雨の季節なので、真夏日に食べる氷菓とは少し異なった情趣が感じられる。暑いから冷たいものをというより、緑が濃くて夏らしいから食べるといった感じである。しかもこの氷菓は「一盞」とあるので、一盞（いっさん、またはいっせん）は元来一杯のさかずきのことなので、ここではアイスクリームと考えるのが適当である。

中島斌雄氏が、この句について解説を書かれている中に、昭和八、九年頃に、斌雄氏と草田男とはともに草樹会（東大俳句会の後身）の幹事を務めており、例会の後に近くの茶房でひととき俳談にふけるのが常であった。その時に、一盞の氷菓がすでに尽きても、なお尾を曳き、ウエイトレスの視線に追われて、再会を期して別れたという。相手は斌雄氏とは決まらないが、深刻ではない別れの感じは濃い。斌雄氏は「六月」の一語に特に注目し、そこに青春の息づくのを感得したものだ、と書かれている。ともに青春を過ごした人の説として、共鳴したい。

燭の灯を煙草火としつチエホフ忌

第二句集『火の島』所収。昭和十二年作。

この句には山本健吉氏の秀抜な鑑賞がある(『現代俳句』中村草田男の項参照)。その中で氏は草田男とチエホフとの近似を、「ニーチェのやうに崇高な理想を持ち、チエホフのやうにつつましく生きるのが草田男」「俳句はそのつつましい詩型と生活的な匂ひによつて、彼にとつてはチエホフ的である。彼は家庭にあつて、チエホフの劇の主人公である。」と書く。そして、この句のチエホフ忌は忌日が正確に何日だとか、季節が何時だとかは問題ではなく、草田男がチエホフの作品を愛していたがゆえの忌であり、詠われた内容が生活の些事であることにおいて、チエホフ忌として成立しているのだと言う。

たしかにこの句は舞台の一場面か、あるいは空想上の西欧の一つの部屋、それも燭の灯をともして明りとしていた頃の風景をイメージさせる効果を持っている。つまり、現代の普通の日常にはあり得ない光景である。健吉氏も書いておられるように、停電でもなければ昭和十二年においては起こり得ないことなのである。そして、わざわざそういう道具立てをしたところに、チエホフの世界を象徴する効果が現れている。
この句にも、レコードによる自解がある。

従来、俳句の中で季題として何々忌と使っているのは皆日本人ばかりである。しかし私は、アントン・チエホフの短篇小説の、ひそやかでしみじみと、説教せずにやさしくおおしい、しみじみと人をいたわり続ける作品が好きだった。それでその、チエホフの忌日は八月の何日かだったが、この句はちょっと冬のようなさびしい寒い時を想像させる、くい違いがある。燭の灯はろうそくの火で、それが灯してある。目の前のそれで、ふっと煙草に火をつけた。静かでささやかなもので、人の心を明るくする。しかも、ちょっとアンニュイであって、手持ちぶさたで、とりあえず火をつける。そういう趣が、この句の世界とチエホフの世界との暗示の共通点になっている。

大体以上のようなことが自解されている。ここで明らかなことは、草田男はチエホフの世界をモチーフにしており、季感は無視している。実際にチエホフは八月ではなく七月十五日に死去している。この句の冬のような雰囲気には草田男も気付いており、しかもそれは問題にされていない。「チエホフ忌」は一句の核を成す季語ではあるが、存在意義は季感にはないのである。忌日の句を作る時に、これは一つの示唆を与えている。

炎熱や勝利の如き地の明るさ

第四句集『来し方行方』所収。昭和二十二年作。

「炎熱や」という詠い出し方が、まずきわめて強烈である。「炎天」や「炎昼」などのように炎える対象が限定されているのと違って、ただもう一途に暑い感じである。「炎暑」にかなり近いが、しかし微妙に異なるようだ。炎暑は真夏の暑さという季節感が強いが、炎熱の方は夏という季感よりも、ただもう温度が高い感じが強い。極暑、酷暑、大暑なども炎暑の方に近いだろうか。灼熱が似たような感じながら、やはり違う。まことに微妙だ。

真夏の真昼の、全く翳りのない明るい輝き。むしろ気持ちのよいくらいの炎昼の暑さ。その中に作者は勝利のような明るさを見ている。炎熱を大地の相の方に見ている。本当に乾ききった大地で、まぶしい美しさである。ふつうは炎熱はうんざりで、特に自分もその芯に立っていたら、めまいがしそうでやり切れない。しかし、この炎熱は明澄で美しいのである。

その明るく乾いた美しさから、どこか南欧の、それも大地が白い色をしている風景を思わせる。石造りの建物も白い色の、何の翳りもない風景を連想させる。

この句には草田男自身の自解がある。それによると、二十二年当時は学校の寮に生活しており、高い二階の廊下の端の窓から、はるばると道路を隔てた夏の真昼の、くるめくように明るい野面を見渡している時に出来た句と言う。たしかにこの句は、自分は外にいない。地の明るさを眺めている句である。しかも少し高い所から眺めているのを感じる。

敗戦後の、二十二年の作ということは、「勝利の如き」に特別の深い意味を感じさせる。実際には、この明るい大地は敗れた大地だったのである。その敗戦ゆえに、無念ゆえに、作者はあたかも勝利のようだと言わずにはいられなかったのである。作者自身も書いている。「〝勝利〟を口にのぼし得る可能性が絶無である歴史的段階が、却って私をしてその語を叫ばしめたのだといえる」と。

草田男の場合、「勝利」の語は「光栄の存在」たり得る可能性やその獲得を意味し、「敗戦」の語は、光栄の民族たり得る可能性が永遠に失われるおそれと悲しみであったという。だから、実際の歴史の上で敗戦だったことは、究極の念願としての勝利を口にせずにいられなかったのである。

草田男は個人としてばかりでなく、民族としても光栄がないことには耐え難かったのだ。その意味でこの句には限りない念願が、大胆に表白されているのである。

ふりかへる秋風さやぎ已にとほし

第一句集『長子』所収。昭和八年作。読み方として「秋風」は「あきかぜ」「しゅうふう」の両方に読めるが、ここでは日常のつぶやきのような感じで、「あきかぜ」と読むのがふさわしい。秋風は季節感が濃く、心に沁みるような独特の哀感があって、句に生かすのはかえって難しい。一般にはそれらしい取り合わせの句が多い。

右の草田男の句は、単一に秋風だけを詠んでいて、いかにも秋風らしい句である。風のさやぎだけで捉えているが、よく味わうと、風音と草木のさわさわという音と、両方が一体になった「さやぎ」であり、しかも「已にとほし」という時には視覚的にも捉えていて、かなり重層的な相を見せている。この句には草田男の自註がある。

ホトトギス派へ入門し、郊外を散策しては独り句作していた頃の作品。素直に実況をとらえた実感豊かな作品として好評であったことを記憶している。自分のすぐ背後で、秋風が草木をあおる音が不意に鮮かにおこったので、反射的に振り返ってみると、その折にはもう既に、その一陣の風は可成り遠方へ押し移っていて、無人の道の両側を撫で移りつつあるのが視覚の上だけで認知できたのである。遠く来た道の来し方であるだけに、しみじみとした風情であったのだ。こんな野道も今日はもう近郊には無い。

この自註にもあるように、まことに素直に実況を捉えた実感豊かな作品で、しかもまだ誰もこんなふうには詠っていなかった。特に、上五に「ふりかへる」と具体的に率直に表現したことで、生き生きした躍動感が生まれている。まことに摑みどころのない対象を、それにふさわしい表現で詠い得ている。

句集ではこの句の前に、

軍 隊 の 近 づ く 音 や 秋 風 裡

という、まことにただならぬ秋風の句が並んでいる。この句では「しゅうふうり」であるが、軍靴の音の具体的な世界を暗示しつつ、軍隊という大きな存在が国民の上におおいかぶさってくるようで、無気味である。昭和七、八年頃の世相を窺わせる句である。句集で、次に並んでいるのも秋風の句で、それは、

秋 風 や 腔 で 薪 を 折 る 媼《おうな》

である。この句が、最も「秋風らしい」俳句かもしれない。老女が（いなかの広い庭先などで冬の薪の用意などしているお婆さんかもしれない）手で折るだけの力がなく、腔に押し当てて二つにぽ

きんと折る。その哀切感が吹き抜ける秋風にまことにふさわしいのである。

蟷螂は馬車に逃げられし馭者のさま

第四句集『来し方行方』所収。昭和二十年の作。

蟷螂はもちろん「かまきり」とも読むが、戦前からの虚子編の歳時記や季寄せなど、「とうろう」の方が主になっており、草田男の句も「とうろう」と読んでいる。

かまきりの姿から発想した句で、斧あるいは鎌などに見立てられる前肢を振りかざした姿が、馭者の革のむちを振り上げた形に感じられて、そうなれば当然、馬車が見えないので、逃げられた姿だと思ったのである。

言われてみれば全くその通りで、見立ての句としてだけ読んでも印象が鮮明で、メルヘン的な楽しさもあり、いろいろと動物の世界の童話などが思われて、特異な印象的な作品と言える。一句の独立性を考えた場合には、ここまでの鑑賞でよいのかもしれないが、それにしては、どこかに空虚さ、わびしさが漂っている。馬車に逃げられた馭者という比喩を思いついた時、あるいはそう感じてしまった時に、作者の心が空虚だったのではないか。

実はこの句には前書がある。

再び独居、僅かの配給の酒に寛ぐ事もあり、燈下へ来れる蟷螂の姿をつく〴〵眺めて唯独り失笑する事もあり。

つまり、終戦直後の秋に、まだ妻子は疎開させたままで、一ヵ所に住み得ずに独居していた時の作なのである。この句の前にもう一句置いてあり、

吾子等に遠き酒へ銀粉小さき蛾

とあって、作者の夜の独居を訪れたのは、かまきりばかりでなく、まず燈火に誘われた蛾がおり、それから、かまきりが来たのであった。

この句の自註の中に、次のような部分がある。

三角顎髭を生やしたようないかつくやせた面貌、長靴で締め上げた長脚、腰のあたりだけを燕尾服まがいに膨らましている。わざと幅広にしつらえた革鞭を打ちおろすための準備運動として後方へ振上げはしたものの、肝心の打ち下ろすべき対象物が消えはてている。

そして続けて、こう作者は書いている。「それは、日本人全体と私自身との〈虚脱〉の象徴物

以外の何物でもなかった。」

やはり作者は、その時の自分の心のうつろな様子、むなしい感じをこの蟷螂に託していたのである。さらに草田男らしく、日本人全体のむなしさにまで結び付けているが。そして、これらの時代背景や家庭事情を考えると、この一見メルヘン的で楽しい句が、急に、戦後の荒涼とした中に重大な意味を帯びて浮かび上がってくる。

草田男の蟷螂は敗戦時の日本をさまざまに暗示している。

芭蕉忌や己が命をほめ言葉

第八句集『時機』所収。昭和三十五年の作。

この年、草田男は五十九歳であった。一月に現代俳句協会の幹事長となり、講演や対談、座談会などで、現代俳句に関するさまざまな問題について発言、俳句界のリーダーとして活躍の時期であった。

芭蕉忌は陰暦十月十二日、初冬の季節である。陽暦では十一月下旬になるだろうか。時雨忌とも呼ぶように、初冬のもの寂しい雰囲気がつきまとう。江戸時代からすでに芭蕉忌の句は多く、回忌ごとに追善興行が行われ、おびただしい句が捧げられてきた。現代でもその事情はほぼ同じであろう。

草田男の芭蕉忌の句では、句集『来し方行方』に収められた昭和十八年の句をすぐ思い出す。芭蕉の二百五十年忌を迎えてのもので、

芭蕉忌や遥かな顔が吾を目守る
芭蕉忌や十まり七つの灯をつがん

などである。その他では

侘びしさに識らず言ふ嘘翁の忌

も印象深いが、やはり始めに掲出した句が魅力的である。

忌の句では、その故人に対してどういう捉え方をしているのかがポイントになるが、草田男が芭蕉をどういう角度で捉えてこの句が出来たかについて、幸いにとても良い自註があるので、引用してみる。


芭蕉が脱藩逐電するに当って友人の門柱に貼り残したといわれている「雲と距つ友かや雁の生き別れ」の句にはじまって、死の前年の句であるところの「この秋は何で年よる雲に鳥」に到るまで、彼の内的生命の本質を吐露した大部分の作品の底を貫通しているものは人

生如電の無常観そのものの反映である。しかも、四時人生如電を痛感している者ほど、生命に執着し、生命存続事実を祝福せずにはいられない。そのままに私自身の立場であることを芭蕉忌に際してこそ私はことあらためて痛感せずにはおられない。

右の文で明らかなように、草田男は芭蕉忌に際し、芭蕉の作品の底を貫く無常観に思いをいたし、そういう立場の人こそ生命を祝福せずにはいられないこと、それは草田男自身の立場と同一であることを確認して、この句が出来たと言うのである。

芭蕉という故人をしのびながら、逆に、命ある自分を褒めようという、一見では反発の出そうな句の生まれた理由がこれではっきりする。たくさんある芭蕉忌の句の中では際立って個性的な句、それゆえ忘れがたい句である。

雪虫や高さの重さに堪へ得ずに

第五句集『銀河依然』所収。昭和二十七年作。

この句の「雪虫《ゆきむし》」は「綿虫《わたむし》」のことである。『萬緑季語撰』（昭和四十七年刊）には作者の自解があるが、その句は上五で「綿虫」となっている。

「綿虫」はあぶら虫の一種で、白い綿のようなもので身を包んで飛ぶ小さな虫である。冬のどんよりとした風のない静かな日などに、雪が舞うように空中を浮かび飛んでいるのを見かける。「大綿《おおわた》」「雪蛍《ゆきぼたる》」「雪婆《ゆきばんば》」などとも呼ばれ、雪の来るころによく見かけるので、北国ではこれを「雪虫」と呼んでいる。しかし「雪虫」という別の虫もあって、季語にもなっているので、この呼び方はまぎらわしい。草田男はそのことに気付いて、あとで「綿虫」にかえたのかもしれないが、よく判らない。

この句はその綿虫があまり高々とは飛ばずに、浮かび流れるようにしながら、沈んでくる様子を見つめている。つまり、綿虫をじっと観察して、その浮動する様子の特徴をよく捉えて作った句である。沈む様子を見て「高さの重さに堪へ」られないからと思ったのは、その本質への洞察を、綿虫の身になって感受したところから生まれた言葉である。

注目しなければいけないのは、「雪虫や」と切字でしっかりと切ってあることで、これによって、この雪虫は、中七下五のフレーズの象徴的な役割、つまり二重性を帯びた用い方になったことである。言い換えれば、作者はこの「雪虫」の姿に、それとよく似たものの姿を見て、それを「雪虫」に託していることである。

作者自身がそのことを自解文の中で言っている。

この一句には――自己の身を高揚させようと希う意志が皆無でないにも拘らず、沈下しつづける以外に方法のない非力者の宿命のかげの投影がある。

「雪虫」を見て、そこから呼びおこされた感慨を「雪虫」に託して表現するやり方、これは草田男の一つの句作の型であった。それにしても、草田男の自解に言う「非力者」とは、ある失意の時の自分のことなのか、誰かそういう人を想定しているのか、一般論なのか、その辺の事情もまた判らない。句集ではこの句の前後はそれぞれ独立した日常吟が並び、この句と直接の関連はない。

前年の昭和二十六年に「兄ましき」の前書で、「大綿」の句が三句あるので、書いておく。

大綿や世間の轍ここ過ぎて
大綿載りて想ひ指紋のこまかさに
大綿や菓子嚙む音の口ごもり

何が走り何が飛ぶとも初日豊か

第七句集『美田』所収。昭和三十三年作。作者五十七歳。

この句は「初日豊か」と下五に置いて、主題をはっきりと打ち出している。正月一日、初日を拝むという習慣は今は薄れたが、ほぼ戦前までの日本では、民間の習俗として初日を拝み、新しい年の自然へ祈りを捧げるのは一般的であった。家長が中心となって若水を汲み、初日を拝んだのである。

掲出した句にはそういう民間信仰の名残りのような、初日の豊かさが感じられる。さらに言えば、初日に象徴される大自然の悠久さ、豊饒さということになろうか。そこへ、何かが走ったり、何か飛んだりするのである。走るものは一般的には獣類であり、飛ぶものは鳥類であろう。鳥獣の気ままな活動である。自然が保たれている原野などの初日の出のイメージである。鳥獣は初日を受けながら、輝きながら自在に活躍をする。

しかし、走ったり飛んだりするものを人為的なものと考えると、事情は変わってくる。飛ぶものが飛行機だとすると、走るものは車か電車か、何だろう。まさか軍隊を想像させるような車や飛行機、ロケットなどが走ったり飛んだりはしないだろうが。「何が」という繰り返しの強さは、やや重大なものを予感させる。

昭和三十三年と言えば、戦後の荒廃もようやく落ち着き、平和がしみじみと味わえる年代に入っていた。特に一月元旦の初日の豊かさが、そういう平和の思いを強く印象づけたに違いない。その中での平和への再確認であり、新たな決意が秘められているようだ。将来、何かが走り、何かが飛ぶような事態となっても、初日は豊かであり続けさせねばならぬ、といった気持ちであろうか。これはその当時の作者の実感であり、信念の告白であり、将来への誓いが込められているようである。

今、我々にとって、初日は豊かであり続けているかどうか。不穏なものが走ったり飛んだりしてないかどうか。この句は、さまざまなことを今も問いかけてくる。と同時に、草田男の資質を実によく表してもいる。平和の直中にあって、常にもう一つ先を見つめている目が感じられる。そこには真の意味での国土愛や、人間愛が根底にあることを知らせている。

二十億人の初集会は無けれども

右の句が同時に発表されている。常に個を超えた全体への目配りのあった人である。そうかと思うと、この年の句には、「初鶏に先立つ隣家の母の声」「音さやに家一とめぐり嫁が君」など、庶民の楽しい句が並ぶ。

壮行や深雪に犬のみ腰をおとし

第三句集『萬緑』所収。昭和十五年作。作者三十九歳。

戦時下の時代背景を無視するわけにはゆかない句である。この年二月には俳句弾圧の第一波として京大俳句事件が起こり、検挙が始まった。

壮行は、壮行会などが行われることでも判るように、人の旅立ちを盛大にすることで、その祝い励ます様子を言っている。この句の場合はたぶん出征兵士などのような、国家のためにする旅立ちが思われる。近隣の人々や、知人友人が大勢集まって、熱狂的な見送りを展開している様子である。手に手に日の丸の小旗を持って。

その時、作者はその喧騒の中から一匹の犬を見出したのである。その犬は尾を振って興奮したりすることなく、折からの深雪に、深々と腰を落として座りこんでいる。この犬は冷静な傍観者とも思える。そして当然、壮行の騒ぎとは対照的に、深い沈黙の中にいる。疲れたりして腰を下しているのではなく、「腰をおとし」にはある意志が感じられる。犬は壮行の人々の中には入らないのである。この犬には作者の投影が感じられる。写実的に表現しながら、深い思想性が感受される。

この犬は草田男の犬として有名になった。赤城さかえの「草田男の犬」(「俳句人」昭和二十二年十、十一月合併号）では、人々の熱狂的喧騒の中から深雪に腰をおろしている「哲学者『一匹の犬』を見出した批判精神」を高く評価し、「そこに書かれた群衆図は単なる写実を遥かに越えた詩の世界を展開する」として、「戦争時代にこの十七音詩に匹敵出来る渾然たる文学表現を剋ち得たものがどれ程あったか」と賞讃している。そしてさらに、「写生主義から近代リアリズムへ成長した上での写実的象徴にまで到達した作品」「写実の果の象徴という世界」が成就されているとして、「子規の革新の精神がここに一つの高次な結実を見せている」と書いている。

これに対して、芝子丁種の「写実的象徴の問題——草田男の犬について」（「俳句人」昭和二十三年一月号）では、右の赤城説をふまえて、草田男における「写実的象徴」の手法を検討したもので、「われらリアリストは『写実的象徴』なる曖昧な手法を否定することによって、草田男俳句的な思想の朦朧性を克服せんとするのである」と論じている。

この他にも高屋窓秋の「作家の眼」（「現代俳句」昭和二十三年二月号）ではこの句の鑑賞から、写生と内観の世界とのかかわりを説き、俳句の特殊性を追求するなど、この句は大きな波紋を投げたのであった。

白鳥といふ一巨花を水に置く

第四句集『来し方行方』所収。昭和十八年作。作者四十二歳。

「白鳥」はスワンと呼んで親しまれ、冬の水上の鳥として各地で見られる。シベリアから渡って来るので、白鳥渡る、白鳥来る、等が初冬の季語で、北海道、東北、北陸の各地で越冬し、春に帰ってゆく。三月には帰ってしまうが、まだ残っているのもいるので、書いてみた。もっとも風切羽を切って飛べないようにして皇居の堀や庭園の池で飼われている瘤白鳥もいる。

瓢湖で餌付けに成功した白鳥群を見たことがある。大部分は大白鳥で全身純白、頸が長い。黄色の嘴が目立つ。ところが、あまりにもたくさん群れて、餌を求めてひしめいており、啼き声もすさまじく、特に長い頸がゆらめくのは、たくさん群れると気味悪いほどである。へんに生々しい感じで、ちょっとやりきれないものがあった。やはり大白鳥は一羽か二羽がゆったりと浮かんでいるのがいい。その点では、掲出句はまさに美しい白鳥である。

白鳥を一つの大きな花と見立てたのはリアリティがあり、しかも比喩としての詩情がすばらしい。本当に、真白で大きな白鳥が澄んだ水面に静かにぽっかりと置かれている様子を想像すると、一巨花という以外に、これ以上の比喩はないと思えてくる。これはたくさんが群れて争ったり競ったりしていては駄目である。白鳥はまるで置き物のように静かで、空と水の青の中に浮かんでいてもらわなくてはいけない。

この句の表現上の特色は白鳥を「水に置く」と言ったところである。まるで、大いなる造物主か神かなどの大いなる手が、白鳥をそっと水面に置いたような感じの表現である。ここでは白鳥はあくまで静かで乱れがない。季語を詠むことが、その季語の最も美しい瞬間を捉えることであるならば、この句では、その季語を最高に生かしたことになる。

句集ではこの句の次に、

一白鳥白ら波立てゝ身を濯ぐ

という句が置かれている。前の句と一対になっていると言える。こちらは前の静に対して動の白鳥であるから。身を濯ぎ始めて、白ら波を立てた白鳥は、どちらかと言えば平凡な白鳥の姿である。平凡な鳥になってしまった。

白鳥は日本の神話にもあるし、西欧では音楽や童話に多く登場する。西欧文学に深入りしていた草田男は、特に白鳥を好んだようだ。句集『美田』には次の句がある。

投影に恥ぢざる者は白鳥身

白鳥の水輪や呼吸《いき》の輪にあらねど

乙鳥はまぶしき鳥となりにけり

第一句集『長子』所収。昭和四年作。作者二十八歳。

昭和四年二月に、草田男が母の叔母に当たる山本鶴の紹介で、初めて虚子を丸ビルに訪ね、本格的に俳句の道に進み始めたことはよく知られている。草田男は東大俳句会に入会し、先輩の指導も受けることになった。

これより先、草田男は大学を休学していた昭和三年、「ホトトギス」を参考に一年間自己流の句作をし、「ホトトギス」の十月号と十一月号に各一句ずつ載っており、東大俳句会に入ってからは、昭和四年の「ホトトギス」の「東大俳句会」のページに四句ほど作品が載り、他に駒沢の水竹居別邸での句会の二句も見られるが、いずれも写生の手法を身につけようと努力している様子が窺われる句である。この間、虚子から雑詠投句を止められていた草田男の句は、秋櫻子の判断で虚子の手許へもたらされ、いきなり「ホトトギス」九月号に四句入選五位という輝かしい出発をしたのであった。その四句は、

黄楊の花ふたつ寄りそひ流れくる
乙鳥はまぶしき鳥となりにけり

前向ける雀は白し朝ぐもり
ふと涼ししきゐを越ゆる仁王門

で、これらはモチーフの新鮮さと感覚の鋭さで際立っており、現在でも少しも色あせていない。中でも乙鳥《つばくら》の句はきらきらと青春性に輝いている。

燕は乙鳥、玄鳥などと漢名でも書くが、ちょっとしゃれた感じになるだろうか。関東地方では三月下旬から四月上旬頃に出現し、町の家々の軒や、駅のホームにまで巣を造るので、我々にはなじみの深い鳥である。春を感じさせるが、この句の場合はもう少し日が流れて、晩春から初夏の趣である。

燕がまぶしい鳥になったと表現することで、生き生きした燕の飛翔が浮かんでくるばかりでなく、日射しの明るさ強さ、町全体の夏めいた明るさが新鮮にイメージに浮かんでくる。しかも、「まぶしき鳥となりにけり」と、しみじみとした詠嘆の調子を添えていることで、出現し始めた頃からずっと関心を持ち続け、とうとうこれほどまぶしくなったと、目を細めて見ている作者の様子が見えてくる。空の明るさもともに見える。

それにしても燕のまぶしさが際立つためには、町そのものは古い方がよい。草田男の故郷松山のような城下町の趣などが背景にあるのがふさわしい。実際には東京で作られた句であろうが、この句の底には、なんとなく作者のノスタルジアが感じられる。

猫の仔の鳴く闇しかと踏み通る

第二句集『火の島』所収。昭和十三年の作。

「猫の子」は春（晩春）の季語である。猫の恋からわずか二ヵ月ほどで、子供が生まれることになる。秋に生まれる場合もあるが、やはり晩春の頃が多い。

生まれたばかりの猫の子は可愛らしいが、生まれすぎて始末に困ると捨てられたりする。この句の場合も、道端の草むらなどに捨てられた猫のようである。

猫の子がよわよわしく鳴いている闇は、なんとなく頼りない。可哀そうでもあるし、踏みでもしたら大変だし、いろいろと心が乱れる。そういう心の乱れを懸命に押さえて、自分の精神をふるいたたせるような感じがこの句にはある。ともすれば同情のためにくずれそうな心を、しっかりしようと思う気持ちである。

それと同時に、「しかと踏み通る」あたりに、なんとなく作者の足の動かし方や身の運び方が、イメージとして浮かんでくる。そこに草田男ならではのちょっと滑稽な動作、大げさな、やや芝居がかった感じを言う人もある。しかし草田男としてはやや大げさにすることで、弱い心を隠しているようなところがある。てれくさいので、隠すための動作のようである。

よく似た句に「蚯蚓なくあたりへこゞみあるきする」があるが、これは昭和四年、「ホトトギス」に投句を始めたばかりの頃で、ずっと単純な内容と言えるだろう。むしろ、次の句に、系譜としては繋がっている。

捨仔猫地に手をついてもうこれまで

この句は昭和三十五年の作で、句集『時機』所収。二十年以上も後になっての子猫の句である。この句には自註があって、郊外の「街道」といったところに生まれたての仔猫が棄ててあり、そんな所を独歩吟行することが多かったので、そんな捨仔猫の姿が哀れで、かなりしばしば作品化したという。この一句は、いつまでも迹を慕ってついてくる仔猫から致し方なく身をそらしてしまったものの、以後のなりゆきが哀れで、全力を尽くし万策つきてそれの倒れる最後の姿を、人間化して詠まずに済まされなかった、と作者は言っている。

つまりこの句では、目前に倒れる猫を見ているのではなく、その最後の姿は作者のイメージの中に見えていたのである。そこに、一種の客観視したゆとりのようなものが生まれ、擬人法と相まって、なんとなく芝居がかったような滑稽味があるのだが、それがかえって哀れさを強調することに役立っている。

香水の香ぞ鉄壁をなせりける

第一句集『長子』所収。昭和八年作。作者三十二歳。

この年三月に大学を卒業し、成蹊学園に就職。

香水の句と言うと、真先に思い出す句である。それは一般的な常識とは異なった、感覚の鋭さと、青春期のナイーブさに裏打ちされているからであろう。

香水は夏の季語。夏に汗などの体臭を消すために、女性が好んで用いる。好みの香水をきめている人も多い。

香水の匂いは、一般的にはその芳香は心地よいものであり、ほのかに涼感を誘うものである。また、場合によっては一種の自己顕示につながる時もあろうし、種類によってはかなり甘い香りで誘惑的な感じのものもあろう。男性の側からすれば、魅力的に感じられることが多いのではないだろうか。

香水の句は、微妙な心の動きなどを詠んだものが多い。香水の香に争う心を見たり、そこはかとない嘆きを香水に託したり、香水の残り香を憎んだり、似て非なる安香水に気付いたり、これらはどれも男性の句にある。女性の方は、一滴ずつに意外に減る香水を嘆き、香水の身に添わなくなったのを嘆き、あるいは強気に出る日にしたたかにふりまくなど、自分の心を詠んだものが見られる。

そうした中で、掲出の句は特に個性的で際立っている。香りを鉄壁というまことに固い物体で表現したのがまず意表をついている。鉄壁という語が発音の上からもまことに強烈で、一読、固い守りがイメージに浮かぶ。人を寄せつけない守りの堅さである。香水はほのかに人の心を酔わせる、誘う、という一般のイメージから考えて、この鉄壁はあっと驚かす斬新さを持っている。しかも、その香水をつけている人柄までイメージされる秀抜さがある。

草田男はまだこの時、独身であった。独身の青年が持つ一種の女性へのおそれのようなものがありそうである。ある種の女性への近寄りがたい畏怖とでも言うべきだろうか。盛装に身を固めた女性の持つ特有の雰囲気が、逆な方向から見事に摑まえられた、と言うこともできる。

句集ではこの句の前に、

起 し 絵 の 男 を こ ろ す 女 か な

の句が並んでいる。起し絵は立版古《たてばんこ》、組上《くみあげ》、組立燈籠《くみたてどうろう》などとも言い、芝居の名場面や名勝の景などを厚紙で切り抜いて組み立て、中にろうそくや豆電球をつけて見る。その起し絵で、女が男を殺す場面と言う。これもおそろしい女である。この頃の草田男の、一種の女性観が、これらの句からほのかに匂うようだ。

厚餡割ればシクと音して雲の峰

第五句集『銀河依然』所収。昭和二十五年作。作者四十九歳。

厚餡《あつあん》と言えば、餡のたくさん詰まったまんじゅうであろう。現在の子供たちはあんパンを思うかもしれない。その厚い餡を割る時、シクと音がしたと言う。シクという擬声語は本当に秀抜で、その本質までも見ぬいた音である。

実際、厚い餡を割った時には、かすかな音がするだろう。しかし、音とは言えないほどの微妙な音である。むしろまんじゅうを割る時の手ざわり、触感を感じさせるほどの微妙な音である。少し湿りを帯びた、やわらかな物が二つにされる時のかすかな音である。この「シク」によって、読者はそれぞれ過去に体験した同様の場面を思い出すのである。そして、親しみを持つ。

草田男の音に関するすぐれた鋭敏さが、よく表れた句である。しかもこの「シクと音《おと》して」の中七は、微妙な繋がり方で「雲の峰」にかかってゆく。

雲の峰は入道雲。雷雲であり、峰の形にぐんぐんと伸びることなど言うまでもない。この、雲の峰という思い切って大胆な下五の置き方は、全く完璧である。他のどんな語がきても、この句は駄目になってしまう。

厚餡を割って食べているのは、どこかの村里だろうか。古い宿場町のようなところに、よく名物のまんじゅう屋さんがあったりする。そういう所だろうか。真夏の真昼だろうか。背後にかなりの山々が連なったりしている場所。そこから入道雲が湧き出してくる。ぐんぐん伸びそうな雲の相。そういういろいろの情景がイメージに浮かんでくる。

草田男は雲の峰に音楽性を直感していたようである。

雲の峰の白き音楽為《し》事《ごと》の辺

という句も作っている。白く輝く雲の峰に、白い音楽を感受している句である。雲の峰には動きがあり、躍動感があるので、音楽の流動感と一致するところがあろう。そういう本来ある音楽性が根底にあるために、「シク」という微妙な音が絶大な効果をあげるのである。

この句は近年になっても注目されることが多いようである。この句の持つ新しさが共感を呼ぶのであろう。この句には草田男の句によく見られる思想的、あるいは人生的な要素はないし、特に内容的に何か特別深い意味づけがあるわけでもない。しかし、この厚餡を割った音の絶妙な手応えや感受性の鋭さ、雲の峰との配合による宇宙的広がりの大きさは、まさに、詩の情趣を満喫させてくれる。即物的でかつ永遠の音楽性が感じられる。

浮浪児昼寝す「なんでもいいやい知らねえやい」

第五句集『銀河依然』所収。昭和二十四年作。

この句集は、昭和二十二年九月以降二十七年までの五ヵ年間の作を集めてある。戦後の生活困難な時期に当たっている。日本中がそうであったが、実生活においては混乱と無気力が、精神面での一般的現象であった。日本人全体が衣食住すべてに不如意で、作者も一家を支えるために多くの時間と労力の大部分を費さねばならず、俳句作品の量と多様さにおいては欠けざるを得なかったと、同書の跋に書いている。

ついでながらこの跋（昭和二十七年）に、「『思想性』『社会性』とでも命名すべき、本来散文的な性質の要素と純粋な詩的要素とが、第三存在の誕生の方向にむかつて、あひもつれつつも、此処に激しく流動してゐるに相違ないのである。」と書いて、これが戦後の社会性論議のきっかけになり、以後、社会性俳句派が台頭し、一時代の特色を成したことなど、よく知られている。

掲出句はそういう社会性論争が起こる以前の、世相を直接的に観察、凝視したところから生まれた作品である。写実的手法で、全く素朴と思える詠法を取っており、そのことでかえって迫力が生まれている。

戦争で両親を失い、家を失った浮浪児がぼろをまとって盛り場にたむろし、野宿していたのは当時よく見かけた光景であった。

昼寝浮浪児一個地上に置かれたる
浮浪児昼寝顔の蠅をば足へ追ひ
浮浪児昼寝人の林に音の花

などを含め、渋谷駅前での十二句が収められている。その中には「昼寝孤児佇つ吾《あ》は定評つめたき人」などの句もあって、これは芭蕉の富士川辺で捨子を見ての「猿を聞人《きくひと》捨子に秋の風いかに」の句や、その時の事情などを当然思い出させるものがある。芭蕉も捨子を拾ってゆくわけにはゆかなかったのだ。

掲出句はそうした一連の作の中で特に目立つ存在である。それは浮浪児の言葉をそのまま用いたかたちで作っているため、迫力があり、真実味が増しているからであろう。浮浪児ゆえの、ふてくされたような言葉遣いの中に、当時の世相が見事に反映されている。大人たちのあり方が直観的に伝わってくる。当時の日本の国の姿も見えてくる。そして何よりも判りやすい句である。

灼けるベンチ麵麭と見しもの赤児の足

という句がその前にあるが、赤児の足が一瞬パンに見えるほどに、餓えていた時代であった。

向日葵四五花卓へ投ぐ猟の獲物のごと

第七句集『美田』所収。昭和三十二年作。草田男五十六歳。

今年（昭和六十三年）の春から夏にかけて、向日葵のデザインが、ファッションからインテリアまで大流行した。黄色の明るい花が町を彩るのは悪くはない。草田男も向日葵の句はいくつか作っており（句集『時機』までに十五ちかくあったと思う）、好みの花だったようだ。

向日葵の句と言えば「向日葵の空かがやけり波の群　秋櫻子」「向日葵の一茎一花咲きとほす清子」のように咲いている姿を詠んだ句が多い中で、草田男のように花を切り取って卓上へ投げ置いた句は独特である。

大輪の真黄色な向日葵が四五花、投げ出されている卓上は、華やかで荒々しい。猟の獲物のように野性的な雰囲気が漂う。しかもこの句では現在形で書き、今、向日葵は卓上へ投げ出されたところである。両手で抱えて来て、かなり乱暴に扱っているのが、向日葵をかえって生かしている。まさに獲物の手ごたえである。

誰でもこの句からきらきらした油絵を想像しよう。草田男自身、この句の自解で、そのことを書いている。

向日葵の強烈な色彩美の感銘を真正面から採り上げて、その印象を極度に誇張して生動描破してみせたのは、何人もが知悉しているように、ゴッホその人であった。(彼は「黄という色ほどの喜ばしい色は存在しない。」と、弟テオへの書簡中に明記している。)白いハイライトのある壺に向日葵を数株活けた二幅がポピュラーであるが、他に茶褐色を主色とした枯色にちかい数株を雑然と横たえたものも一幅ある。それは――まさに輝く黄色なる生物《いきもの》の狩猟期は終ったという索莫感を与える。(以下略)

この自解によると、もしかすると卓上に投げ置いた四五花というのは黄色の盛りの花ではなくて、もう終りに近くなった茶褐色を帯びた花、あるいはすでに枯色を帯びた花だったのかもしれない。その可能性の方が強い。それで「猟の獲物」という表現、その比喩は、真実味を増してくる。いきものの向日葵の終焉である。

草田男は自註の終りの方で「私は自家の庭に向日葵を自分の手で数株栽培して、その終始の花の運命を見とどけた経験を持っているのである。」と書いている。そうすればこの向日葵の獲物は、自家のそれの体験であろうか。夏を好んだ作者らしい野性と若さに満ち、しかも本質への洞察の確かさが感じられる。

他に二、三句。

向日葵や妻をばグイと引戻す　（『美田』）

向日葵や身の血清さに尿《しと》清し　（『銀河依然』）

向日葵は連山の丈空へ抽く　（『来し方行方』）

淑やかや磨きしごとき新小豆

第七句集『美田』所収。昭和三十一年作。草田男五十五歳。

季語はもちろん「新小豆《しんあずき》」。ここで小豆の説明をする必要もないが、ただ現在では実際に小豆が実っている畑を見る機会もなかなかないというのが、都会生活者の一般であろう。夏に葉腋に蝶形の黄色の花がつき、初秋になって莢が出来て、その中に種子が七〜九個そだつ。九月中旬から十月下旬に成熟し、収穫される。暗い赤い色の種子で、これが新小豆である。

小豆の句では、収穫してむしろに干してある様子とか、畑からひき抜く様子、小豆を煮る時のことなどが多い。ところが掲出した草田男の句は、新小豆そのものを単一に素材として、いわゆる一物仕立の句であり、その小豆の中から、「淑《しと》やか」という発見をしている点が、まことにユニークである。

新小豆を掌の上にでものせて、つくづくと眺め、同時に感触も楽しんでいるような雰囲気がある。深い紅色の、その色からの感じも、とれたてのつやつやした光沢も、それに小つぶで緊りのある形そのものも、新小豆はしっとりと美しく、かわいらしく、しかも目出たく、明るさがある。一つには祝事などに小豆を用いるからでもあろうか。

ずっと長い間、私はこの句の「淑やか」を、その紫色を帯びた色からの感じと、ややしめりのあるようなしっとりした手触りからの感じと思っていた。それにしても、「淑やか」という形容は、動作や言葉が上品で落ち着いている、おだやかな女人を指して用いることが多い。小豆のようなものに用いるのはかなり独特な発想である。

『萬緑季語選』の中で、草田男自身がこの句を自解していたことに気付いた。それによると、「淑やか」という言葉には「孫達を喜ばすため時間をかけて小豆を煮てはよく馳走してくれた祖母とその人柄に対する追想も作用しているようだ」と書いてある。さらに「表皮の色も大宮人を連想させる上品なやや紫色を帯びた紅色」とも書いて、草田男は新小豆の風姿に、祖母を追想し、大宮人を連想していたことが判る。そういう背景があって、「淑やか」という独特な形容を冠することができたのである。

自解の終りに「莢の内側に附着していた部分の名残を示す小さい真白な部分が一個について一ヶ所あり、それが〈好意ある沈黙の口許《くちもと》〉さながらである」とも書いている。観察の細かさと、物から人間のすがたを見る草田男独特の句作法が、よく判る自解である。

貌《かお》見えてきて行違ふ秋の暮

第一句集『長子』所収。昭和六年作。

草田男はこの年、東大の独逸文学科から国文学科に転科し、東大俳句会の幹事となり、その句評記録を「ホトトギス」に連載している。三十歳になっていた。草田男の句作は、自己流には昭和三年からであるが、虚子を丸ビルに訪問して正式に始めたのは昭和四年からであるから、この句はごく初期の作と言える。まだ習作時代と呼んでよいだろう。初心者らしいナイーブな良さのある句と言える。

この前年の昭和五年から草田男は小品文を書き始め、東大の文章鍛練会である山会に出席しており、写生文を通して写生の目をみがいている。一方、武蔵野、多摩、奥多摩など、近郊を歩いて、吟行も繰り返していたようで、そういう影響もこの句には感じられる。

秋の暮は、たとえば『枕草子』に「秋は夕暮」と、その情趣をたたえていた通り、秋の夕暮を示すのがふつうだが、暮秋の意にも用いられていた。古来用い方には混乱があったようだ。しかしこの句では秋の夕暮である。

秋の夕暮は『新古今集』の三夕《さんせき》の歌などが有名になったこともあって、ものさびしい趣、もののあわれの極致のように考えられ、そう感じられてきた、長い美意識の伝統がある。しかしただものわびしい情趣だけでは、伝統の和歌の世界を出ないので、俳諧ではさまざまな工夫をした。「かれ枝に烏のとまりたるや秋の暮　芭蕉」「門を出て故人に逢ひぬ秋の暮　蕪村」、さらに近代では「秋の暮汐にぎやかにあぐるなり　万太郎」「百方に借あるごとし秋の暮　友二」、「マンホールの底より声す秋の暮　楸邨」など、それぞれに秋の暮を新しく生かしている。

草田男の句は誰でも体験したことのある情況を、実に的確に摑んでいる。秋の夕方は日暮れが早い。あっという間に暗くなる。その暗くなりたての頃の、行人の何気ない情況を、一瞬のうちにするどく摑んでいる。

向こうから人が歩いてきてすれ違うのだが、うす暗くなりかけているので、離れている時には顔立ちが見えない。だんだん近づいて相手の目鼻だちが見えてきて、容貌がはっきり見えた時には、もうすれ違っている。その辺の呼吸がまことにうまく表現されている。

この句のよさは、そういう体験に基づいた写実的な的確さとともに、全体として人なつかしい秋の暮の雰囲気、いわば伝統的な情趣の持つ「もののあわれ」の世界をも、いささか余情として曳いているところにあろう。すれ違った人への、さりげない人なつかしさは、秋の夕暮にふさわしく、後に孤独感を滲ませている。

冬浜を一川の紺裁ち裂ける

第二句集『火の島』の「九十九里行」の二十四句中の一句。昭和十三年一月の作。草田男三十七歳。この一月の旅は、犬吠埼、九十九里浜に遊んで群作を得ている。

草田男がこの旅でいかに気力が充実していたかは、「岩の濤・砂の濤」と題したこの時の作品が、犬吠行と九十九里行を合わせて六十五句も句集に収録されていることでも判るが、同時に、掲出した「冬浜」の句などのリズムの張りでも知ることができる。

「いっせんのこんたちさける」というリズムは、「せん」と「こん」の撥音のひびきの強さや、「たちさける」という力強い表現で、冬の浜のぴーんと張りつめた寒気の中、大地を裁ち裂いて流れる一川の強さが、主題と表現と一体となって、読者に強く働きかけてくる。冬日の鈍い光の中の浜の砂の色と、対照的な川の紺色の強烈な深い濃い色彩を見逃せない。浜と一川だけに絞って、他の雑物をすべて省略した大胆な構図も、単純化した分だけ力強さを増している。

この強烈な印象は、たとえば次の句などと比較してみると、よく判るのではないだろうか。

ながながと川一筋や雪の原　凡兆

この句は凡兆の代表的な句として有名であり、雪原に一筋流れる川の長さが実に大らかに、印象鮮明に詠まれている。これも省略し尽くした美しさがある。しかし、この句の方は客観的で、諷詠的であり、どこまでも絵画的な美を生かして、悠々とした詠いぶりである。

草田男の句の方はこれに比べると、かなり意志的である。川が強い意志を持って、浜を裁ち裂いたような詠いぶりである。「一川の紺」が生きものとして意志を持っているかのように、擬人的な詠い方である。そういうスタイルをとることで、草田男自身の強い主観が込められている。この句の強烈さは、草田男の詩的衝動の強烈さなのである。それが、切迫した雰囲気を作り出している。

この句と同時作に、

せんなさに冬日の砂を蹴《け》てもみし
撫でゝあつむ冬日ぬくみの上砂を
落ちて拾ふ手袋砂に歴矣《クキ》と痕

などがある。冬の浜で、句材があまりないとなると、草田男は砂を蹴ってみたり、冬日でぬくもった上砂を撫でながら集めてみたり、手袋を落として拾ってみたりしている。句材を自分で作り出し、行動し、そして詩を得ている。句作のための心はやりがよく判る句である。

これらは吟行句の一つの行き方として興味深い。

降る雪や明治は遠くなりにけり

第一句集『長子』所収。昭和六年作。同年三月号の「ホトトギス」に載る。草田男三十歳で、東大在学中。この年に国文学科に転科した。

この句はあまりにも有名になってしまった。草田男の代表作のように広く知られているが、まだ初心時代と言ってよい頃の句である。自註もあるので、成立事情などについてもよく知られている。

当時、大学の修学課程で行き詰まり、沈鬱な日々を送っていた作者は、ふと思いついて小学校の四、五年生の頃に通った東京青山の青南小学校のあたりを、二十年ぶりで探索してみた。表通りには昔日の俤はなかったが、小学校のある通路は昔のままの様子で、時間がこの町の上で凍結して、二十年間を封じたようであった。そこへかなり大きくむしったような雪も降ってきたのである。

放課後であったが、中庭をのぞいていると、突然に戸をガタつかせて、四、五人が走り出して来た。金ボタンの黒外套の子であった。それを見てはっとしたのである。作者はうかつにも黒絣の着物を着て足駄をはいた明治時代の子が現れてくるような錯覚に陥っていたのである。

その時、思わず、「雪は降り明治は遠くなりにけり」の句が生まれたという。後日、上五が意に充たなくて、句会の席上で案じているうちに、ついに「降る雪や」の表現になった。

「雪は降り」から「降る雪や」になるのは一度こうして見てしまえば、上下を入れかえて簡単そうであるが、初めて考えつくのは難しいことであった。

「おお降ったる雪かな」という謡曲の「鉢の木」の有名な文句や、「降る雪の……」という『万葉集』にしばしば見られる文字遣いや、虚子の作品にあった「散る花に舞ひつつ売るる風車」の「散る花」という表現の立派さにうたれた記憶や、それらが無意識のうちに働いてやっと得られた「降る雪や」であったと、草田男は書き残している。草田男ほどの作家にして、これだけの過去の表現を無視できなかったということは、大変なことだと思う。つまり我々の表現は、いつでも、意識するとしないとにかかわらず、過去の多くの人の表現によって、かろうじて成立しているものかもしれないのだ。

この句はその他にも、切字が「や」と「けり」と二つ使ってあり、作句常識を破っていることや、「明治は遠くなりにけり」というフレーズはすでに先人が作っていたという説もあって、いつも問題になる。しかし、それはそれとして、この句はやはり魅力抜群である。

横顔を炬燵にのせて日本の母

第三句集『萬緑』所収。昭和十六年作。草田男はこの年四十歳になる。この前年に京大俳句事件が起こり、この年には草田男も自由主義者として圧迫を受けることになった。十二月に大東亜戦争が勃発し、戦時色が濃くなる。

この句のこたつは掘ごたつだろうか、置ごたつだろうか。大きいこたつで、食卓や机代りに使えるようなものであろうか。仕事に疲れて、こたつに身をまかせている母親の姿である。横顔をのせているという表現が実に的確で、その情景が鮮やかにイメージに浮かんでくる。何か物思いにふけるような、ちょっと淋しげな姿である。夜も更けて、子供たちも皆寝てしまい、独り心身の疲れをいやしている様子が思われる。その姿を草田男は、「日本の母」と表現している。日本の母に共通した、最も日本の母らしい姿として捉えている。

発想の大本《おおもと》は作者自身の母親がモデルなのだろうと思い、草田男の自解を探してみた。『萬緑季語選』の中にあった。それによると、この「日本の母」は、

ただありのままの私の母の姿を写しただけの言葉である。私より二十歳若い双生児の末弟等二人が、出征してしまった家にあってひとり夜更けに疲労し尽した身をしばしば憩わせな

がら、母は黙って遥かに戦地の二人の上を思い遣っていた。

と、書かれている。この、横顔を見せている淋しげな母の姿には、やはり背景があったことが判る。単に肉体的な疲れをいやしているだけではなく、戦地の子たちを思いやるという心の屈託もあったのである。そうして、そういう立場の母親が日本中に幾千万あると思うと、その姿はまさしく「日本の母」の姿なのであった。

草田男の自註には次のような前置きがある。

「大東亜戦争」の時期に入って以後、政府は、「軍国の母」という言葉の下に、男性がすべて出征してしまった農家にあって母親の手一つで農業生産の仕事に専念没頭している姿にジャーナリズムのスポットライトを当てて紹介し顕彰することに努めた。

草田男が「日本の母」と表現した時、この「軍国の母」なるイメージが重なっていたことは確かであろう。そしてすべてのしわ寄せを受けて苦闘する母を、「軍国の母」と言って顕彰することへの思いが、疲れて横顔を見せる母の姿への同情となって、一句に凝縮し、結晶したに違いないと思える。そう考えると、こういう「日本の母」は、やはりかなしい時代の母親像である。

寒卵歴史に疲れざらんとす

第八句集『時機』所収。昭和三十四年作。草田男、この年五十八歳。

寒卵を見ると、何故かこの句を思い出してしまう。特に今年は昭和から平成へと年号も変わり、日本の歴史は一つの節目を越えた感がある時なので、この句を取り上げてみた。

寒卵は言うまでもなく寒中に生んだ鶏卵である。他の季節のものよりも身がしまっていて美味であるとされ、滋養分にも富んでいると言われている。草田男は特に、健康保持や疲労回復に有効だと言われていることを意識して、生のまま飲むことの方が寒卵の本来性に適《あ》っていると書いている。

この句の先に、昭和二十九年作で、

歎きに餌やる忘れて居しに寒卵

という句もあって、精神的な飢えとか、心の歎きとかにも寒卵が有効であるような発想が見られる。始めに掲げた句もその系列に属すると考えられる。もっとも一方では、昭和三十年に、次のような日常的な句もある。

卵黄を掻き解き掻き解く冬夕焼

掲出句では寒卵で活力を養って、歴史に翻弄されたりして疲れたりしないようにしよう、と覚悟を決めている趣である。やや理屈っぽくて、句としてどうかと思う人もあるかもしれない。スタイルは草田男の特色を生かした型、つまり上五に季語を置き、それから触発された感慨を述べるスタイルになっている。俳句で思想性などの表現を追求した作者らしい句であろう。その意味ではきわめて個性豊かな作品と言える。

この句には草田男の自解があるので、それを引用しておきたい。『萬緑季語選』より。

この「寒卵」は、戦後未だ衣食住——殊に食糧問題が不備を極めていた——その時期に健康と体力とを養いつづけることによって、活きてゆく基本活力を喪失させまいと自戒し営為しようとする心気を象徴している。何期間もの戦時体験と、戦後の国内的国際的歴史の激変を体験しつづけることによって、「歴史」なるものの必然的絶対力に開眼せしめられるとともに、それに唯受動的に揺り上げられ揺り下ろされて、ついには「不毛の疲労」に陥りたくないと真から念願したのである。

右の文で判る通り、草田男は「歴史に疲れざらんとす」の内容を「寒卵」で象徴的に表現しようとした。個人では抗うことの不可能な、歴史の絶対的な力に対する草田男の思いが、かなり直接的に表現されている。

山桜あさくせはしく女の鍬

第五句集『銀河依然』所収。昭和二十五年作。草田男四十九歳。

この春、長野で発行の「黒姫」（渡辺幻魚主宰）の俳句大会に出席し、幻魚氏らの案内で柏原、野尻湖に遊んだ。柏原では一茶終焉の蔵で詠んだ七句があり、野尻湖では六句が収録されている。掲出句はその野尻湖での一句である。この句の前に、

山桜とほす日ざしに笠脱がで

の句があり、一つおいた後に、

息ながく落花しつづく岨の一木

の句があって、遅い春に山桜が咲き、あるいは散り続ける木があったりした情景が、イメージに浮かんでくる。

いずれの句も湖畔での嘱目で、作為的ではないナイーブさがあり、ごくしぜんに読者のこころに入ってくる吟行句の良さがある。しかも、掲出句は、三句の中では特に深い目配りが感じられる。

山桜を背景にして、あるいは山桜のすぐ下あたりのところで、せっせと耕している農婦の姿である。見ていると、男性の耕しとは違って、鍬《くわ》使いが忙しい。力の劣る分だけ、浅く耕し、その分だけ何回も繰り返して、忙しい。そういう耕しの様子をしっかりと観察することで、女の鍬使いの特色ばかりでなく、女性の本質的な特色を思わせるところがある。女性は鍬使いだけでなくすべてに対して、浅く忙しく働かねばならない。

過去の女性の、ほとんど絶え間のない軽労働をいろいろと思わせるところがある。これは常日頃の草田男の、女性観察の結果が、こういう農婦を見た折に、動作の実体を通して滲み出ていると思われる。この句では山桜を配して、そういう女性への暖かい思いやりを滲ませている。山桜は美しい一幅の絵のように感じさせる効果もある。そのために、女性の労働が美しいイメージを伴っている。一茶終焉の蔵での句の中に、

一茶の裔《すえ》春水に鍋すり釜こする

の句がある。一茶の子孫の、やはり農婦であろう一女性が、鍋をこすり、釜をこすって、これもやはり「あさくせはしく」働いているところである。こちらの方が仕事の内容を具体的に言って

いるが、字余りのためリズムが悪い。春水という美しい季語は用意されているが、場面としては山桜の美しさに及ばない。それでも、こういう句が先に出来ていることは、というより、こういう句が先に出来ていたからこそ、耕しの句が生まれたような気がする。

根底は同一のヒューマニズム溢れる目配りである。

一汁一菜一能に足るよ鯉幟

第六句集『母郷行』所収。昭和二十九年作。草田男五十三歳。実は『母郷行』を読んでいて、「一」という数字が多いことに気がついた。たとえば、この前年の句には、

身一つふかく裂けつつ一飛燕

があり、「一書冴ゆ」「手一つへ」「埃一過」「一段づつ」「一生《ひとよ》を」「夕焼一筋」「一人子《ひとりご》」「秋水一枚」「一匙一匙」「一倒心」「乳一滴」「墳一つ」「一事や」「泳ぎ女一人」「一旅人」「女一つ」「一地一端」などの語句も、すべて同じ二十八年の作で、

一菜成りて一汁火上に蚊喰鳥

という「一菜一汁」が用いられている句まである。

昭和二十九年には、「貧者の一燈」「世界一つ」「一童」「杭一本」「ただ一息」「一尺」「一音」「一重瞼」「一撃」「秋天一碧」など、それに、

雪中梅一切忘じ一切見ゆ
一半永失一半成就す夏の月

などのように、一句の中に、対句的に二度用いている句もある。これらは、他の数字に比べて特に目立つ。掲出句では、「一汁一菜一能」と三回も一を繰り返している。

もちろん「一」にもさまざまな意味があり、総括して言うのには問題がある。しかし、最も基本的な、出発となる一を多用することは、作者の心理的傾向を知る上での一つの手懸りを与えていよう。

一方、「一汁一菜」の慣用語は、一般には粗食のたとえであるが、草田男はそこに贅沢に流れない程度のすこやかな食生活の基準を見ており、同時に衣住の双方をも兼ね表しているとしている（自註より）。そこで掲出句は、鯉幟を仰ぎながら、戸主としての心身の充足を意識しており、一能——つまり草田男の場合は俳句という一筋の道——その制作に没頭できる充足感を、感謝の気持ちを込めて表現した句である。そうすると、この場合の一はどんな意味になるのか。自註では「もちろん「一汁一菜」と「一能」と、「一」の音を重複させることによって一途の思いが強

調されている」と書かれている。

この句集『母郷行』の時代の草田男は、三年間に一千句に達する多作時代に入っており、母上を失った哀しみを越えて、一本立ちして、句作一筋の新出発が決意されるに至った時期である。「飽くことをしらない、内部生命の燃焼と制作意欲の昂揚とであった」と同書の跋に書いている。そのことが「一」の多用と無関係ではないだろう。昭和十八年作「一汁一菜垣根が奏づ虎落笛」(句集『来し方行方』)の句とはいささかニュアンスが異なっている。

毒消し飲むやわが詩多産の夏来る

第三句集『萬緑』所収。昭和十五年の作。草田男三十九歳。

夏になると、必ず思い出す句である。「わが詩多産の夏」と言い切れる活力が羨ましい。作者は三十九歳という、油ののりきった年代である。本格的に俳句を始めてから、ちょうど十年がたち、俳壇でも既刊の二句集で確かな地歩を固めていた。「ホトトギス」ではこの年、「あまやかさない座談会」が開かれ、急成長した草田男は、先輩から批判を受けたりもする。

この句では「毒消し飲むや」という前提がおもしろい。解毒剤として昔から知られる毒消しを飲むことで、いよいよ来たるべき暑さに備える。いわば体調を万全にすることで、多産の夏を迎えようとしている。その慎重な、一呼吸置いたあとの弾みが、草田男の性格をよく表している。
夏の始まりの句では、

松籟や百日の夏来りけり

というのもよく知られている。松風の音をききながら、好ましい夏百日の始まりをたからかに詠っている句である。実はこの句には作者草田男の自註があって、それによると、自分にとって最も喜ばしい季節を迎える明朗な気分を、調べ本位で一途に詠いあげた句と言うが、その「喜ばしい季節」のところに註をつけて、「教師生活にとってかなり長期の夏季休暇を含む解放の季節」と書いている。草田男の夏好きの一つの因として、この長期の夏季休暇の存在、解放の季節の存在が大きかったのではないだろうか。

思い出せば私も教職にあった頃には、夏休みは本当に待ち遠しいものであった。自由な時間の獲得に比べれば夏の暑さなど物の数ではない、という思いであった。草田男のこの註はまさに実感に溢れている。そしてその解放の季節が多くの詩を生んだことに間違いない。

この年の夏、八月に草田男は美ヶ原三城牧場の辺で群作を得ている。それは句集『萬緑』の最後に、特に一章を立てて収められている。「美《うつくし》ヶ原行（附、三城《サンシロ》牧場）」の一章である。六十一句に及ぶその群作は、

雲海や金色《こんじき》に鳴る虻の目ざめ
巌頭に跳足の指や遥けき嶺《ね》々
朝霧や牛馬は四肢の上に醒む
岩崖のみどりかゞやく朝日子や

などのように、作者の生き生きした心の弾みがそのままリズムを作っていて、さわやかである。それにしても、我々にとっても多産の夏でありたい。

みちのくの蚯蚓短かし山坂勝ち

第四句集『来し方行方』所収。昭和二十年の作。草田男四十四歳。

この年は三月に妻子を疎開させてから自炊生活を始めた。六月末に大空襲があり、自宅付近に落ちた焼夷弾を消しとめ、類焼を免れた。七月、学徒農村通年勤労隊として福島県安達郡下川崎村の高国寺に行く。そこで終戦を迎えて、八月末に帰京した。

掲出句は生徒を率いて、勤労隊として福島に行き、その勤労地での四句中の一句である。

山頂の丘や上なき蟬の声
蛍火や白き夜道も行路難
みちのくの蚯蚓短かし山坂勝ち
獅子の仔に似し犬の仔よ暑き頭

これらの句から、その勤労地の地形のきびしい様子がイメージに浮かんでくる。「山頂の丘」「行路難」「山坂勝ち」など、どれも山の多い土地らしい困難な日常がしのばれる。都会から出かけた生徒たちにとって、それはきびしい生活であったろう。教師としては、さらにさまざまな心配りが必要で、心の暗い、重苦しい毎日であったに違いない。そういう背景が、これらの句を作らせたのである。

作者は蟬の声や蛍火、犬の仔などに、わずかに心を慰めている。動物ばかりを詠んでいるのも興味深い。その中で蚯蚓《みみず》だけは、心を慰めるのではなく、その姿の中に、きびしいみちのくの自然を見つめている。東京でなじんでいた蚯蚓とちがって、短いことに気付く。山坂勝ちの自然の中では、蚯蚓ものんびりとは育たないのだ。

この句を口誦すると、みちのく、みみず、みじかし、と、「み」の音の重なりにすぐ気付く。特に「みみずみじかし」のところは、畳み込むように「み」の音がひびく。その、せわしないひびきが、いかにも短さを音で表しているようで、そのリズムの巧みさに驚く。しかも、下五を

「やまさかがち」と字余りの六音にして、これがまた、ぶっきらぼうな音の並び方で、およそ流麗な滑らかさにはほど遠い。ごつごつした感じである。こういう畳み込むような、ごつごつしたリズムが、見事に山国の相とかよい合い、その本質とひびき合っている。

それにしても、みみずは決して感じのよい動物ではない。気味悪い類のものである。しかし草田男はこういう小動物を好んでよく詠んでいる。むかで、げじげじ、なめくじ、かたつむり、うじむし、ぼうふら等々、それらを決して汚いものとして蔑めずに、むしろ、それらの中に、人間と同じようなすがたを見つめている。

終生まぶしきもの女人ぞと泉奏づ

第八句集『時機』所収。昭和三十五年の作。草田男五十九歳。この年一月に現代俳句協会幹事長となり、五月には長女の三千子さん結婚。

草田男の夏は避暑先の軽井沢の別荘での生活を抜きにしては考えられない。すでに昭和十四年八月に「信濃居」の群作があり、句集『火の島』にまとめられている。

泉辺に日のありどころ妻問へり

吾子の上妻が言ふ間も泉湧く
泉辺のわれ等に遠く死は在《あ》れよ

など泉辺の句に特に佳吟が多く、一家団欒もしのばれる。草田男の泉は、永遠なるものへの憧憬を感じさせる。

その軽井沢の別荘に私がお邪魔したのは、昭和五十五年八月十八日であった。「俳句文学館」の依頼で、インタビューをかねての訪問であった。気楽なお話をということで、先生もくつろいで、泉のことや千ヶ滝のこと、沓掛と言った頃のことや追分のこと、別荘の人々、それに小諸での虚子とのことなど、次第に熱を帯びて虚子論に及んだりした。本当に楽しいひと時であった。庭にはカラマツは比較的少なくて、もみの木その他がかなり深い木蔭を作り、梢の方を風が渡ると、さわさわした葉音を立てて、とにかく涼しかった。

その時、先生の泉は特定のある一ヵ所のものではなく、泉、清水、小流れの一切が、自在に詩の泉になることを知った。それにしても我々が秘かに、これが草田男の泉だと信じている軽井沢の泉はあるのだが。

掲出句に戻ると、これは草田男の女性観が見事に結晶している句である。自解を引用したい。

清音を立てて湧きつづける泉辺に居て、過去に結びつきのあった幾つかの女性の存在と交渉の経緯の思出に誘い込まれ、結局、「女性なるもの」全般の上への終生変るべくもない憧憬と祝福とをありのままに述べたものである。私には「灼《や》けただれた」ような、又は「なまなましい」女性との相関歴史は一切ない。「私からはこんな――まぶしきもの――などという言葉が生まれてくる必然性がないのです」と故三鬼が訴えるように呟いたものである。対極二様の人生を双方共に生活することは何人にも不可能なのである。（『萬緑季語選』より）

ここには三鬼の語を引用しながら、正反対の極にあった草田男の女性観、「永遠にまぶしき女性像」が語られている。五十九歳の草田男にこの句を作らせた、草田男夫人の存在を思わないわけにはゆかない。

その夫人亡く、草田男忌も八月五日、六回を迎える。

曼珠沙華落暉も蘂をひろげけり

第一句集『長子』所収。昭和九年作。作者三十三歳。

曼珠沙華《まんじゅしゃげ》は山麓や畦道、堤、墓地などに生える。季節がちょうど秋の彼岸の頃に咲き、赤色の炎のような花は印象的で、墓地などに多いことから、「彼岸花」「死人花《しびとばな》」「幽霊花」「捨子花」などの呼び名がある。有毒でもあるというが、しかし美しい花である。「彼岸花」と用いると、秋の彼岸や墓地など、故郷や家系などのイメージを呼び起こすが、「曼珠沙華」と用いると、むしろ美しい赤い花のイメージが強い。曼珠沙華は赤色を現す梵語だと言われる。

この句はまず、曼珠沙華をしっかり観察している。花弁が細長くて数が多く、その上に蘂を加え、全体が真赤なので、ぱっと八方へ放射したかたちで、ちょうど真紅の光を放っているようである。一方、落暉は落日、夕日のことであるが、今まさに落ちかかる太陽の華やぎを見せ、八方へ金色を帯びた真赤な光を放っている。その落日の光線を、蘂と見立てることで、曼珠沙華と対比され、一対になって、豪華な美の世界が出現している。

この句は根底には写実性があるけれども、すでに写実を超えた荘厳なまでの美の世界が現出している。そのことについて、草田男自身が興味ある自解を残している。

この句においては、仏画中に描かれた落陽の姿のように光は金色を含んだ真紅の糸となって空の全面へ放射され尽している。やや誇張された描写による「曼珠沙華」と「落暉」との、完全なる一致融合図である。この花の「ほとけ花」「地獄花」などという異名にあらわれているように、西方浄土を別にしてはこの花を考えるわけにはいかないのである。

草田男にとって、曼珠沙華は「西方浄土」と切り離せない花であったことは、おもしろいと思う。この花を詠んだ心の底に、仏教の世界があり、しかもその具現としての「仏画」があったことは、右の自解から明らかで、それが、この俳句に一種の形式美を備えさせ、この世ならぬ荘厳さを感じさせる因になっていると思える。草田男の曼珠沙華の句では、

四十路さながら雲多き午後曼珠沙華

の句も有名である。昭和二十二年、四十六歳の作で、こちらはかなり屈折した心情の象徴のように、曼珠沙華はかげりをもって詠われている。この前年、畏友、伊丹万作を失い、その傷心が癒えなかったことなども関係があるだろうか。

頭《ず》をふりて身をなめ粧ふ月の猫

第二句集『火の島』所収。昭和十四年作。作者三十八歳。

この句を読むと、本当にそうだと思う。猫のしぐさが実に写実的に捉えられている。猫はよく体をなめて、身だしなみをととのえる。化粧しているのだろう。毛がつやつやと光る。この句ではそういう猫のよくするしぐさの写実を基にして、さらに、「月の猫」の月の効果が大きい。

月光のもとで身をなめる猫は、ちょっと不思議な魅力を発揮する。ふりそそぐ月光で、猫はさ

らにつややかに光り、夜の闇も周囲にあるので、神秘性が増す。昼の太陽光線の下の猫とは格段の違いがある。つまり作者はいつもよく見る猫の動作を月光の中で見たことによって、一句にする詩情を得たのである。この時、いつもとは違った猫になっていたのだ。月夜の妖猫と言ったら、言いすぎになるが。

この句の鑑賞文の中に、この句に一種の不気味な実感があるということから、草田男は猫嫌いだったのではないか、愛情を込めて詠んだ猫の句が少ないなどと書いているものがある。本当だろうか。たしかに犬の句の方はいくつも佳吟が思い浮かぶのに、猫の句はあまり思い浮かばない。猫の子の句はいいのがいくつかある。「猫の仔の鳴く闇しかと踏み通る」「捨仔猫地に手をついてもうこれまで」。

そこで、探してみると、『萬緑季語選』の中に、掲出句の自解があった。なかなか興味深いことが書いてある。

「猫は家に居着く」といわれているが、母が晩年に可愛がっていた三毛猫は、母の歿後私の家族が転住してからも可成り永くわれわれと一緒に暮らしていた。母の思い出のやどったものとして最も多く私が心を寄せ手を加えてやった。亡くなった折には庭の一隅に篤く私が葬ってやった。器量よしで気軽に行動し、月夜などに庭の面に出て身だしなみの化粧をしている姿がしばしば眼に入った。作品化されて現在にいたると、いつしか白猫と化して一種妖妖たる気を発しているような気がしないでもない。

この自註によれば、この句のモデルは母上が可愛がっておられた三毛猫で、母上の死後は、草田男自身が可愛がり、めんどうも見ていたようである。どうも猫嫌いとは思えないが、どうであろう。そして草田男もこの作品からは「いつしか白猫と化して一種妖妖たる気を発しているような」と書いている。たしかに俳句になった猫は妖たる怪談の猫を連想させるが、しかし一方で、月光の持つ清浄な気品の世界、という雰囲気も濃厚である。

秋雨や線路の多き駅につく

第一句集『長子』所収。昭和六年、草田男三十歳。この年東大の国文学科に転科し、東大俳句会の幹事となって、句評記録を「ホトトギス」に連載している。俳句を本格的に始めてから二年たった頃である。この句も、写生の目を生かして、ナイーブな作り方をしている。

先日、四季の雨に関する秀句を探す必要があって、いろいろと調べた時、「秋の雨」「秋雨」の句は案外秀吟が少ないことに気付いた。「秋雨の瓦斯が飛びつく燐寸かな　中村汀女」は有名だし、「秋の雨しづかに午前をはりけり　日野草城」という、とても秋の雨らしい句もある。他にも心ひくものはあるが、「春雨」や「五月雨」のようには多くない。春雨や五月雨はその雨自体に独特の情趣がはっきりしていて、作る側も読む側もイメージがくい違わず、すっと受けとめることができる。

秋の雨はちょっと摑みどころのない点がある。大体は小雨が降り続いて、冷ややかで物さびしい雨というイメージであり、「秋雨」とつづめて言う時には殊に定めなく小雨が降り続く感じはする。しかし、秋の雨一般について言えば、必ずしも降り続く場合ばかりではない。そのあたりがもう一つ焦点の決まらない理由であろうか。初秋のほっとする雨と、晩秋の寒ざむとした雨との違いもある。

草田男の句の秋雨は、秋霖《しゅうりん》などに近いものであろうか、小雨の降る日が続いて、かなり濡れきった風景である。冷えびえとして人恋しい雨でもある。作者は汽車に乗り、小駅をいくつか過ぎて、ようやく線路の多い駅に近づく。レールは秋雨に濡れて光り、集まり、何かほっとする安堵感のようなものを感じさせる。曇ってゆううつなほの暗い風景の中に、雨すじとレールは光を放って印象的である。こういう、誰もが過去に経験したことのあるような、どこかで見たことのあるような風景を句にしたのには、作者の心がその趣に特に敏感になる状態にあったと思われる。

この句の安堵感は、明るさやにぎやかさを求める気持ちが根底にあったことを示している。作者はその時、淋しかったのだ。三十歳になって、大学を転科しなければならなかった精神のあり方。頼りにしていた先輩、秋櫻子の「ホトトギス」からの離脱。満州事変勃発。左翼運動が活発化した時代背景。そうした中で草田男は、いよいよ孤独感を深めていたのではなかったか。線路の多い駅は、草田男にとっては一つの救いの世界の象徴であったように思われる。

花柊「無き世」を「無き我」歩く音

遺句集『大嘘鳥《おおおおそどり》』所収。昭和三十八年一月号「萬緑」誌上で一読して以来、忘れたことのない句である。「無き世」を「無き我《われ》」が歩くという特異な発想、さらに、その音に聴き入る作者を思うと、胸中に波立つものがあった。何か不安、不気味、不吉のような感じがして、当時「萬緑」に入会したばかりの私は、戸惑いさえ感じたのであった。

この句は正宗白鳥逝去の時の作で、前書がある。

十月二十八日。正宗白鳥氏逝く。氏は東洋的なる個人的直観の世界に、西欧的なる客観的思弁の世界を打重ねたるまま、終生その座に浮動しつづけたる明治的宿命下の最も典型的なる文人なりき。されどもこの二世界の渾融あるひは止揚は、単なる情感・思念の営為を以てしては果たさるるべくもなきものならん。ここに、氏が一旦有縁の人となりつつも竟に無縁の人として遠ざかりしかの内村鑑三氏の存在を、われのこと新しく想ひ描かざるを得ざる所以なり。嘗て白鳥氏のものせる一文中に「われの死滅するその瞬間に於てこそ、一切の存在を挙げて、宇宙そのものも亦滅亡するなることを一考するとき、われは常に限りなき愉悦を覚ゆ」なる意味の文字を読みとりたることあり。卒読、先に述べたる二世界の奇妙なる混淆このドグマの前にただ慄然たらざるを得ざりき。

改めてこの文章を読み返してみると、二世界の渾融ないし止揚についてやキリスト教とのかかわり方など、正宗白鳥について語りつつ、即、草田男自身の生き方の核心にも触れていたことがよく判る。そして両者の違いにも思い及ばないわけにはゆかない。さらに「萬緑」誌上ではこの句の次にもう一句、次の句が並んでいる。これもまた、前書から書いてみる。

同三十日。新聞紙上にて、全く予期せざりし一記事に遭遇す。白鳥氏、青年時代に洗礼を受けし故植村正久氏の長女植村環女史に招請して、最後の祈禱を受け、クリスチャンとしてのひたすらに安泰なる一死を遂げられたりとの報知なり。

四季薔薇の果《はて》の平花《ひらばな》なりとても　　草田男

これを読むと今さらながら驚いてしまう。草田男もまた死の前日、もう意識は失われてからであったが、カトリック吉祥寺教会の宮崎神父によって、その枕頭で洗礼の儀が行われ、草田男はヨハネ・マリア・ヴィアンネのクリスチャンネームを持ったからである。死の二十年前に書いた右の二句とそれぞれの前書、それとの不思議な繋がりを考えずにはいられない。

兎親子福寿草亦親子めく

第四句集『来し方行方』所収。昭和二十年作。

福寿草は野生のものはそうでもないが、一般的に見る鉢植などのものは、大小の背丈や太さなどがほどよいバランスを保って、ちょうど一家族のような感じを与える。だから福寿草が家族めくとか親子めくとかいうような比喩は、割合多く見られるのではないか。しかしこの句のように、兎の親子と、親子どうしを取り合わせて詠んだ句は、やはり珍しいものであろう。

そして同じ親子でも、兎と福寿草ではまるで異なった種であり、与えるイメージも色彩も異なっているのに、平和な感じ、穏やかで明るい感じ、のどかで柔かな、いかにも新春らしい感じには共通点がある。この二組の取り合わせには共通点と異なる点と両面があって、それが調和と意外性をもたらし、詩情を作り出していることが判る。

もっとも兎は季語としては冬であり、福寿草は新年の部に入っているが、ともに「あたたかな冬」を感じさせる。この句では福寿草の方が主たる季語であろう。季感が強い。兎は一年中見かけるものであるし、その分、季感は弱い季語である。
昭和二十年という敗戦の迫った緊迫感のある時なのに、この句は明るく穏やかである。生き生きと生命の讃歌をしている。その事情を考えると、この句は秩父の町はずれに妻子を疎開させてあったのだが、その秩父の農家を久しぶりに訪れて、しばらくの間、空襲の不安などから解放され、庭を眺めて、妻子との平安の時を楽しんで出来た句なのである。句集ではこの時の一連の句が、この前後に並んでいる。

屋根の菫道の真中《まなか》に車井戸
妻子住む春の里辺や楸《ひさぎ》生ふる
兎親子福寿草亦親子めく
絹機を織るやかゞよふ白兎
日にちかき春の日陰や絹を織る
炉辺に笑む銀の歯古りし他人《ひと》の母
川が海へ行くごと炉辺に国想ふ

こうして並んでいるのを順次読んでゆくと、その秩父での作者の目配りや心のありかたなどが実によく感じられ、作者の心境に共感できると思う。最初はもの珍しい風景（屋根の菫や道の真中の車井戸）などが作者を引きつけ、次に妻子への祝福、それから兎親子や福寿草、絹を織るいとなみへ、他人の母親へ、そして国の行方へと心は動いてゆく。戦局は切迫し、敗戦色の濃くなった中で、しばし救われる思いの時だったのである。

蒲公英のかたさや海の日も一輪

第二句集『火の島』所収。昭和十三年、草田男三十七歳。

この句は草田男の代表作の一つとしてよく知られているし、草田男の句の中では判りやすく、愛唱する人の最も多い中の一つであろう。たんぽぽと海上の太陽との、きわめて単純化された構成で、絵画的にも美しい句である。

ところが、今回、上の方から順次読み下してゆくうちに、はたと疑問がわいてきた。まず、「蒲公英の」と読んで私たちは「黄色く咲いているたんぽぽ」をイメージに浮かべる。ところが次に、「かたさや」と読み続けて、あら、未だ固いつぼみだったのか、と思うのではないだろうか。たとえば梅固しと言えば、未だ梅のつぼみが固くて、咲いてない状態だと思う。それと同じように、たんぽぽ固しと言えば、未だ固いつぼみを想像するのがふつうであろう。そこで、イメージの中で開いていた黄色のたんぽぽは、ここで閉じたつぼみに変貌する。

ところが次に「海の日も一輪」とあるので、そのたんぽぽは海岸のたんぽぽ、たとえば磯の、岩と岩との間の少しの砂地などに生えているたんぽぽをイメージし、その海上に花の如く開いている太陽をイメージする。そして「海の日も」の「も」に注目することになると思う。「も」というからには、他にも一輪あるはずで、それは当然、たんぽぽが一輪なのである。

そう考えて読み下してみると、たんぽぽはやはり咲いていなくては困る。固いつぼみを一輪とは言い難いのではないだろうか。一方の太陽はぱっちり開いている一輪なのだから、たんぽぽもそれに対照的な、ぱっちりした一輪でないと、困ってしまうのだ。

このたんぽぽは未だ冬のうちに、寒風の中をけなげに咲いた一輪であるに違いない。春のたんぽぽと違って花茎はほとんど無いくらいに短く、地面に貼り付いたように咲いているたんぽぽに違いない。風の強い磯などでよく見かけることがある。花びらも小さくて、固い感じがする。冷えびえと、寒ざむとした海辺の様子である。固いたんぽぽと、これも貼り付いたような日輪である。

冬の海辺の孤独感がそこに漂っている。そんな風景を想像できるのではないだろうか。

句集の中では「岩の濤・砂の濤」と題して、「犬吠行」の前書にまとめられた群作の中の一つである。犬吠埼の荒涼とした風景の中に、わずかに点じられた春の先ぶれのようなたんぽぽである。この犬吠行は、昭和十三年の一月のことであった。「燈台の冬ことごとく根なし雲」の句の次に置かれている。

はゝそはの母と歩むや遍路来る

第一句集『長子』所収。昭和十年、草田男三十四歳の作。

草田男の第一句集である『長子』は、春夏秋冬と四季別に配列されている。それを編年体にするのを草田男は好まなかったというが、香西照雄編『中村草田男句集』(角川文庫)では、昭和四年の句作以降、制作順に配列してある。研究者としては便利である。その昭和十年の項にこの句は収めてある。

この句は句集『長子』の巻頭を飾った「帰郷二十八句」の中の終りから三つ目に置かれている。この帰郷は、すでによく知られているように、前年の昭和九年の春、亡き父の墓を整えるために、母とともに、松山に帰ったもので、その折の作品群が二十八句にまとめられている。

「貝寄風《かいよせ》に乗りて帰郷の船迅し」「土手の木の根元に遠き春の雲」「夕桜あの家この家に琴鳴りて」「夕桜城の石崖裾濃なる」などを始めとして、東野での、春山の句、そら豆の句、麦の道の句など、すでにこの欄で紹介ずみの句や、松山中学校、松山高等学校、松山赤十字病院の句など、よく知られた佳吟が並び、どの句も心が明るくはずんでいて、句集の巻頭に並べた自信のほどが窺える。

その中で遍路の句が四句あって、石手寺での一句、

夕風や乞食去りても遍路来る

がまず置かれ、その次に赤十字病院の三句、次いで、

父の墓に母額づきぬ音もなし

の句が置かれてから、

はゝそはの母と歩むや遍路来る
坂に来て突くや遍路の杖白し
布浅黄女人遍路の髪掩《おお》ふ

の三句が続いて、帰郷の二十八句は終わる。

故郷の城や学校や病院などを訪ねた後、遍路に心ひかれた作者の心情には、母との同行という要素が大きく影響していよう。「はゝそはの」は母の枕詞であるから、掲出した句は、母と歩いていると、向うから遍路が来たというだけのことである。しかしこの枕詞は音のひびきからいって実になつかしく、美しいイメージを作り出す。

「はゝそ」は柞の樹の名で「柞葉の」は音が同じことから母に冠せられる枕詞となったもの。「ちちの実の」が父に冠せられるのと同じだが、読者は、ははその木の葉ずれなどを無意識に思

って、その音と、どこか脱俗的な風趣を楽しむのではないか。ほっそりとやさしげな母のイメージがある。その母と同行二人の作者の嬉しい心のうるおい。それは遍路へのやさしい眼差しとなる。前年大学を出、父への孝養を済ませた作者の、心のやすらぎも感じられる。

桜の実紅《べに》経てむらさき吾子生る

第二句集『火の島』所収。昭和十二年、草田男三十六歳。この年六月に長女出生。草田男はこの前年二月に結婚しており、初めての子の誕生なので、特別な思いがあったのだろう。この句の前にも、

吾妻かの三日月ほどの吾子胎《やど》すか

という、秋の頃の美しい句がある。そして待ち焦がれての句が掲出句である。それに続いて、

五月《さつき》なる千《ち》五《い》百《ほ》産《うぶ》屋《や》の一つなれど
父となりしか蜥蜴とともに立ち止る

と、ともによく知られた秀吟が並んでいる。あらためて、こうして並べて読み返してみると、作

者の若々しい心の弾みが伝わってくる。父親になった喜びが明るい。

掲出した「桜の実」の句では「紅《べに》経てむらさき」の、時の流れがポイントである。この「桜の実」は果実を食べる「さくらんぼ」のことではなく、桜の木の素朴な実である。葉桜になってから、小さな実がつく。だんだん色が濃く黒ずんでくる。草田男は「桜の実」が好きだったようで、門下の間ではひそかに草田男好みの入選率の高い季語の一つということになっていた。

草田男はその桜の実がだんだんと太って大きくなり、色も濃くなるのを日々眺めながら、吾子もだんだんと大きくなり、いよいよ誕生するのを心待ちしていたのである。その辺の事情を、この句の自解があるので引用する。


「さくらんぼ」は本来は日本桜の極度に小粒な真黒な色に近い紫色に熟する実を指していた名称であった。いつの間にか、外国から輸入された純果物の「桜桃」の呼名と混同されてしまった。この句では明瞭に区別するため冒頭から「桜の実」と詠み出している。勤先の校庭の桜の花が散ってから以後、その下を逍遥しながら私は幼児の得られるまでの時間を期待し楽しみ、その実の熟してゆく経過を仰ぎ見つづけていた。島崎藤村の「文学界」の同人達の青春彷徨期を描いた「春」と、それらのメンバーが市井の実生活中に苦闘する時期を描いた「家」との丁度中間時期を描いた小説に、「桜の実の熟する時」がある。

右の自解によって、この句のモチーフは明らかである。「紅《べに》経てむらさき」までの時間を、楽しく待ち続けて、やっと誕生した喜び、それは下五の「吾子生る」の弾みにしっかりと表現されている。さらに藤村の小説が背景にあるところなど、いかにも草田男らしい発想があって、事実に即した写実性だけでなく、常に作者の思想的な、内面的な世界をも詠もうとした句作法が窺われる。

――鰯雲個々一切事地上にあり――

第四句集『来し方行方』所収。昭和二十二年、作者四十六歳の作。

その前年に畏敬していた友、伊丹万作逝く。句集には、「三十三年間の友、伊丹万作歿すとの報に接す、すべての気力消え失せ、薄志弱行のさま、爾来三週間ただ無為の日を送りつつあるなれどもせんすべなし。九句」として、作品が並んでいる。二十二年の項にもその追慕の情はあとを曳き、「四十路さながら雲多き午後曼珠沙華」「亡き友肩に手をのするごと秋日ぬくし」「末枯もどかし声音《こわね》の記憶はや活きず」「三日月風色《かざいろ》天の誤算の友早逝」「友に死なれ宗匠じみて秋風に」などの句が並ぶ。それに続いて、

はたはたや退路絶たれて道初まる
末枯や御空《みそら》は雲の意図に満つ
鰯雲個々一切事地上にあり

というぐあいに並んでいる中の一句である。

友を失い、のっぴきならず一歩を踏み出したのが、一句目。大空の雲に意図を見ている二句目。それらと並ばせて収録したところを考えると、掲出した「鰯雲」の句には、根源的な人間の営みのありようが、悲しみをのり越えたところで捉えられていたと思われる。しかし、もちろんこの一句からは、そんなに深い事情は判らない。というより、具体的なその事情は明らかにせず、結果的な感慨だけが表現されている。個の事情から普遍化への作用がなされている。それだけ、スローガン的なかたちに近づいているので、俳句としては危いかたちである。

個々一切の事が地上にこそある。憧憬や理想の対象であるところの大空の方にあるのではない。そういう思いが全体を流れていて、人間である自分も地上にあるのだという、自己確認がなされている。「個々一切事地上にあり」というフレーズは、それだけでは作者の思想の断片にしかすぎない。それがどうして詩になるのか、俳句になるのかと言えば、季語である鰯雲の働きである。

鰯雲は秋空に点々と群れ広がり、独特の印象を与える。一つ一つの雲は鮮明で、しかもどれもよく似ている。全体としては、天意の拡散のような感じで、焦点を失っている。つまり、あまりにもよく似たものがたくさんあると、一つ一つは意味をなさなくなる。それと反対にこの地上の個々のものは、まことに不統一でばらばらの個である。それだけに、一つ一つは活き活きと存在するのではないか。言ってみれば「鰯雲」は作者にも読者にも、直観的に共通のイメージを与え、理屈抜きで、通じ合うものがあるはず。季語の伝達力を最大限に利用した句法である。

――白墨の手を洗ひをる野分かな――

第一句集『長子』所収。昭和九年の作。草田男が就職したのは昭和八年、三十二歳の四月からで、成蹊学園に就職。

教師になりたての頃にはやはり珍しさもあってか、心ひかれるところが多かったようで、教師俳句の佳吟を残している。たとえば、

十ッ分の休みのけなさ蜆蝶　（昭和八年）
書を読むや冷たき鍵を文鎮に　（昭和八年）（図書室留守番）
入学試験幼き頸の溝ふかく　（昭和九年）（試験場委員をつとむ）
放課後のオルガン鳴りて火の恋し　（昭和九年）

虻生れて晴れて教師も昼餉待つ　（昭和十年）

等々で、まことに率直に、正直に自分の気持ちを滲ませている。十分休みを短く思い、昼食を待つ気持ちなどは生徒も教師も同じで、ほほえましいし、私にも同じような経験がある。句作の方もまだ五年ほどの頃であるから、ホトトギスの句作の中にあって、事実性、写実性の強い作風である。

掲出した白墨の句は、一日の授業が終わった夕方に、やれやれと一日を振り返りながら、一安堵して、白墨の染み付いた手を洗っているところである。それはほとんど毎日繰り返されることなのだが、この日、特に句に詠むことになったのは、野分《のわき》の夕方だったからである。野分は野に丈高く生えている草を吹き分ける大風のことを言うのだが、実際にはちょうど現在の台風シーズンに当たる時期の大風なので、台風の風を主にした呼び方と考えてよい。もちろん雨が降らずに大風だけでも野分だし、台風でもよいのである。

その台風くずれのような強風の吹く夕方だったのだろう。（本物の大型台風が直接襲来したら学校は夕方までやっていない。早目に下校させてしまう。）校庭の樹々の揺れ、草花のなびき伏す様などを窓越しに見ながら、ゆっくりと白墨の手を洗っている。外が激しいだけに、心は妙にしんとして落ち着いて洗っている。そういう心理状態に思える。この句はとてもゆったりと余裕があり、放心に近いほどの静けさを中七までで感じさせられる。

実はこの句を今回採り上げる気になったのは、自註に面白いことが書いてあったからである。芥川龍之介の有名な句「元日や手を洗ひをる夕心」からの影響を言われたことがあり、「潜在意識的にはともかくとして自分の体験からの何の意識も介在さすことなく、卒然と生まれた」と書いていることである。たしかに我鬼（龍之介）の作品と草田男の句では中七が同じだけで類想句ではない。しかし雰囲気が微妙に通い合うことも事実である。

母が家《や》ちかく便意《べんい》もうれし花茶垣

第五句集『銀河依然』所収。昭和二十四年作。句集ではこの前後にたとえば、

老《おい》の投函女の垣間見秋晴れて
丘の一つ家《や》蜜柑の皮を数多捨てて
食は腹に落ちゆき冬雲厚くなれり

というような種類の句が並んでいる。ここには日常のごく卑近なところからモチーフを得、しかもそれを詩に成している直観的な要素と、きたえられた目配りがある。そしてまた、どこか私小説的な、一種の物語性のようなものも感じられ、ちょうどこの時期、メルヘンを執筆することに

も傾倒していた背景をしのばせる。

草田男の俳句と言うと、誰でもが思い出す名句がある。それら一連の作は、いわば役者が見得をきった時のように完成され、普遍的な真理をのぞかせて、読者を魅了する。しかし、右に並べたような諸作は、モチーフそのものがごく一般的であり、誰でもが経験したことがある世界で、きわ立って驚くような詩的な衝動を与えるわけではない。しかし、何ともなつかしい世界、暖かく、ほほえましく、庶民性豊かな、人間らしい世界がそこに展開されている。

最初に掲げた句であるが、いったい俳句の中に「便意」などという言葉が使われたことがあるだろうか。こういう言葉はそれ自体、全く詩から遠いものである。この句を知らずにただ「便意」という語そのものを用いて詩が出来る、俳句になる、などとは誰も思わないに違いない。しかし、それに「母が家《や》」というなつかしい言葉が取り合わせられ、「ちかく」と結び付けられると、不思議に「便意」は汚なくない。しかも「うれし」と続くと、生き生きとした心の表現、母への慕情、幼い子のようななつかしい世界となるから不思議である。

さらに「花茶垣」という季語の捉え方が抜群の効果を与えている。茶の花は秋から冬にかけて、白く、ふくらかに、芳香を放って心をなごませる。一つ一つをよく見れば気品も備えているが、全体としては飾り気なく、つつましく咲く花である。しかも一、二花ではなく垣根をなして、多くが白々と続く道である。読者はお茶の花の咲く垣の続く小道、いつか通ったことのあるなつかしい道を思い出す。そしていよいよ一句はなつかしい郷愁を誘う世界として、忘れがたい印象を残す。

こういう句を見ると、俳句に詠めない言葉はないと思えてくる。ただ言葉と言葉との取り合わせ、結び付きの上に詩が成り立つのだと判ってくる。考えさせる句である。

冬空西透きそこを煙ののぼるかな

第二句集『火の島』所収。昭和十三年の作。草田男三十七歳。前年、長女誕生。草田男が最も生き生きと句作していた時代である。この句のすぐ前のあたりに、

八ッ手咲け若き妻ある愉しさに
冬晴れの晴衣の乳を飲んでをる

などの句があり、作者の生活背景が判る。

そうした中で掲出した句は、ちょっと異質な雰囲気を持っている。冬空の西の方が透いている風景と言えば、冬の曇天。一面重苦しく暗く曇った中で、西の方だけが雲が切れて、蒼空がのぞいている。そこを今、煙が一筋立ち昇ってゆく風景である。

西の方と言えば、どうしても西方浄土を思うので、しかもこの句では字余りにして「冬空西透

き」と畳みかけており、さらに「そこを」と強調して指定しているのだから、西方であることが一句の眼目になっているわけである。そうすると、そこを昇る煙は、どうしてもただの落葉たきの煙や塵埃をたいているとは思えない。人の葬りの煙としか私には思えなかったのである。つまりこの句を一読した時に、私は何かひどく不気味な感じ、あるいは虚無的な感じを受けた。はかなく寂しい光景でもあり、ちょっと不吉でおそろしい感じも持った。これは、何の煙とも直接に指定がないだけに、とても不安であった。

ところが、たとえば香西照雄著『中村草田男』では、この煙は「天国への憧憬の心が、細々と昇る」感じ、「かな」の詠嘆は「自分が昇る煙と化したような弾みを感じさせ、効いている」と書いてあり、驚いたことがある。

昨年、たまたま「ふらんす堂通信21」で、この句について、塚本邦雄氏が書かれているのを読み、深く共感するとともに、さらに次の個所にひどく感服したので引用したい。

　　ふゆ原に絵をかく男ひとり来て動くけむりをかきはじめたり　　（『あらたま』）

茂吉は大正三年にこの歌を作つてゐる。寺山修司は一頃、この一首を茂吉のベスト1に擬してゐた。これも薄気味悪い。極言するなら、味読すればするほど、してゐる方の気が変になつて来さうな危険な歌ではある。草田男が、この一首に触発されて、『火の島』所収の「そこを煙の」を作つたとまでは思へない。

だが、この句と歌の「煙」と「けむり」は同じものだ。それは、屍体ではなくて、人の魂そのものを、誰かが火葬にしてゐるに違ひない。匂ひも臭ひもあるはずがない。あるのは「ニル・アドミラリ」の蒼い煙だけで、これは人を狂気にみちびくものだ。

白馬の眼繞《めぐ》る癩脈雪の富士

第八句集『時機』所収。昭和三十六年作。

この句集は昭和三十四年、五年、六年、七年までの作と、四十七年のメランコリア三十七句を収めて、昭和五十五年に刊行され、草田男生存中の最後の句集となった。この句集が出た時、「時機」という名前が「死」を直示していると知って、何となく不安な気がしたものである。

掲出句は、「四誌連合コンクール授賞式に出席する途次、戦後久し振りにて富士の姿を仰ぎ、その感銘をとりあえず句形中に誌しとどむ。」という前書で、

雪の富士生のなかなる眠り覚めぬ
雪の富士緊々密々裾滾《こぼ》る
白馬の眼繞《めぐ》る癩脈雪の富士

雪の富士落暉紅さと円さの極

の四句が並んでいる中のもの。前書によって車中から、窓越しに見た富士であることが知れる。右の四句の中では、なんと言っても白馬の句がぬきん出ていて、何よりも一読すると忘れ難い強烈な印象を与える。私も先日、新幹線で西へ下る時、晴れ渡った空に冠雪富士を見て、また思い出したのがこの句であった。

雪の積もっている富士の、頂上から四方へ流れている山襞は、雪によって強い陰影が生まれて、はっきりした稜線を見せる。その富士の姿から作者は「痈脈《かんみゃく》」を思い、それも「白馬の眼」を繞《めぐ》っている「痈脈」という、まことに意外な姿へ想が飛躍した。一読して我々は雪富士の聖なる怒りのようなものを感じてしまう。白馬は神馬などにも多いし、牧場や馬場などでも見かけることがあるが、痈脈が浮きやすく目立ちやすいと思える。痈は感情が激しくて怒りやすいことを言うのだから、怒った時の静脈が浮き上って見えるのは白馬が際立っていよう。それが眼のまわりをめぐる痈脈というのだから、常日頃からの観察が実に行き届いて細かであったことが判るが、そういう観察体験が瞬時に蘇ったのである。富士の火口を富士の眼とすれば、雪富士を上から見たところをイメージすると、まさに富士の眼をめぐる痈脈という比喩はぴったりである。

この昭和三十六年正月に、全日空の催しで、丑年の者だけで伊勢神宮初詣飛行というのに参加しており、あるいはその時に空中から富士を俯瞰したのかもしれず、その印象が瞬時に蘇ったのかもしれない。

それにしても「白馬の眼繞る瘤脈」と写実的に瘤脈を描いておいて、いきなり「雪の富士」を置いた大胆な暗喩は、草田男ならではの創造性に満ちている。

雪ぐせや個の貧の詩はみすぼらし

第四句集『来し方行方』所収。昭和十九年作。草田男四十三歳。この前年より「ホトトギス」への投句を止める。

この句については以前にも一度取り上げかけたのだが、どうもうまく説明できそうになくて止めたことがある。いわゆる草田男難解句の中の一つであろうし、なんとなく誤解されやすいものを含んでいる。しかし、避けて通れないような気がして、取り上げてみた。

この句の鑑賞の手がかりは、他の草田男の思想性を帯びた句と同様に、季語に大切な鍵がある。「雪ぐせ」というのは説明するまでもなく、一度降った雪が止んだものの、その後は曇り出すとすぐに雪がちらつき出し、なんとなく降りぐせがついて、ともすればまた雪になるという天候である。その「雪ぐせ」に作者は、だらしなく、ともすれば惰力で降ろうとするすがたを見ている。

そうすると「個の貧の詩」は個人的な、生活者としての日常的な貧しさを訴えたような詩を意味していることが判る。つまりは貧しさを嘆き、貧しさを訴えているだけの事実の報告で、個人的な素材に終始しているだけの詩では、みすぼらしいだけだと言うのである。

詩の発想は当然、個の体験から始まるのだが、それを高め、あるいは深めて、ある普遍的な広がりを持っていなくてはならない。「個人的な貧の姿を強調した」だけでは一応読者は同情はするものの、それ以上に公的な要素、貧の持つ本質的な要素に感動することはないのである。そういう個人的なこらえ性のなさのようなすがたは、雪ぐせのすがたとひびき合っているのである。

「個人的なもの」を「全的なもの」に高めるのにはどうしたらよいのだろうか。貧に限らず、病気でも、逆に喜びでも、個を全にするのにはどうしたらよいのか、それが問題である。それは決して抽象的に表現することではない。草田男の書いた次のような文章があるので、引用したい。

思想性、社会性というような要素も、すべて平生の自己の内的生活内で絶えず培われ検討されていなければなりません。そして制作の瞬間には、ただ内と外との、至上命令的なものの動きの合一に一切を委ねなければなりません。そのときにだけ――いかなる時代となろうとも、「私の真実」であると共に、「公の真実」であるところの、俳句作品的認識が実現します。

（昭和四十一年十月五日「朝日新聞」）

このことはまた、一句の鑑賞の場合にも心しなくてはならない。

またゝけどまたゝけど虹睫毛の雨

第四句集『来し方行方』所収。昭和十九年作。

草田男は虹が好きだったのだろう、虹の句がかなりある。本当なら全句集からすべての虹の句を抜いてみて、草田男の虹を分析すると面白いと思うのだが、今その余裕がない。しかしちょっと思い出すだけでも、

虹に謝す妻よりほかに女知らず　（昭和十五年）
虹の後さづけられたる旅へ発つ　（昭和二十三年）
虹立てり病来るまで病まざるなり　（昭和二十六年）
虹明り杖で刈りたる花二三　（同年）
虹より上に「高みを仰ぐ神」あるなり　（同年）
虹半円人どち盲点重ね合ひ　（昭和三十年）
「造型」のさゝくれや虹へ飛行雲　（昭和三十二年）

等々、それぞれ興味深い角度から虹を捉えている。こうした中で掲出句は、ナイーブに実体験から詠んでおり、最も虹らしい虹を摑んでいる。

まだ雨が降り残っていて顔にかかり、睫毛《まつげ》も濡れているのに、遥かの空は晴れて虹が出た状況である。本物の虹かしらと何度かまばたきをして、やっぱり虹だと思う。しかしまだ滴のある睫毛。そういう状態は案外一句にまとめるのが難しいと思う。この句はその微妙なところを巧みに一句にしている。「また丶けど」のリフレインの効果を味わうべきである。

この句にはほのかな浪漫性と憧憬の雰囲気があり、どこかもどかしげで、しかも希望が滲んで明るい。ちょっと不思議な感じの句である。それはこの句が句集の中で「みごもり」の項の五句中の一句であることを再認識させる。他には、

向日葵と塔の雲みごもりの相
みごもりの人事と塔の上に虹
松高く夏草咲けり一熟路
胎泰《やす》かれ無名の露の野に祈る

の諸句で、中央、三句目に掲出句が置かれている。右の四句には直接「みごもり」に関する人事が詠われているが、掲出句だけは表面的には虹の句である。しかしその底に同じような思いが流れているのである。

この句は昭和十九年作になっているが、草田男の自解によると「長女を得てから二年目に再び妻の懐妊のことを知った折、郊外を散策しながらこの句を得た」という。さすれば昭和十三年頃

の作である。長女の時には、

吾妻かの三日月ほどの吾子胎《やど》すか

と、かなり激しい感動を詠った草田男も、次子の時には「却って一種の感傷のにおいが漂っている」のである。

玉菜の芯から微かな鶏鳴広漠たり

第七句集『美田』所収。昭和三十二年作。句集『美田』は昭和二十九年後半から三十三年までの四年半ほどの作品約一千句が収めてあり、昭和四十二年に発刊された。草田男五十三歳から五十七歳まで、最も充実していた活動期の作品集と言えよう。

玉菜《たまな》はキャベツ。甘藍《かんらん》、牡丹菜などとも呼ぶ。今は一年中出廻って、季節感が薄くなった。初夏の頃、玉を解いて花茎をのばし、花が咲く。もちろん、私たちは花咲く前の玉を食用にする。葉牡丹なども同じ仲間である。

一面のキャベツ畑に立つと、なかなか見事である。大きくなめらかな葉が広がり、玉を抱いている。高原の畑などで多く栽培されるようで、真夏に広々としたキャベツ畑を眺めていると、不思議な空間にいるように思える。今、作者は人影もないキャベツ畑で、どこからともなく「微《かす》かな鶏鳴《けいめい》」を聴いたのである。

もちろん、事実的には、どこか畑のはずれの方に農家があり、そこに飼われている鶏が鳴いたのに違いない。昼下りなどに時折、鶏鳴を聞くことがある。しかし今、見廻しても一面のキャベツ畑が広がるばかり。微かな鶏鳴は、そのキャベツの芯から聞こえてきたとしか思えなかったのである。

私たちも何か一つの花や物などに眺め入り、あたかもその物と一体になっているかのような時、他からの声や物音がまるで今見ている花や物の内奥からひびいたように思える時がある。しかも見渡す限りのキャベツであれば、ふと、鶏鳴はキャベツの芯から聞こえたと思えたのは不思議ではない。

その思いをさらに決定的に生かしているのが「広漠たり」である。広漠は、果てしなく広いさまを言う語である。天地の間にキャベツ畑しかない広がりは、どこか現実離れした不思議な広い空間に作者を誘い出していたのであろう。

そう思って読み返すと、「キャベツ」の芯ではなく「玉菜」であることが生きてくる。キャベツでは現実に私たちが食用にするものというイメージが強いけれど、玉菜という一種美化された表現は、玉の中に不思議なものが隠れ籠もっているようで、鶏鳴を聴き出すのにふさわしいのである。

こういう神秘的な感じまで漂う秀吟は、あくまで作者の実感の裏付けが大切である。ふっとそう感じた、というような自分の感覚を大切にし、それを大胆に過不足なく表現し、そのことで事実を超えた真実を詠うことができるのである。真実の詩の世界はこうして生まれる。

西日の馬をしやくるな馬の首千切れる

第五句集『銀河依然』所収。昭和二十六年作。草田男五十歳。

年譜によると、草田男が津軽へ旅行したのは昭和二十六年八月下旬のことであった。東奥日報社主催の青森県俳句大会の特別選者、公民大学講座の講師として招かれた。八戸市で講演、青森市で大会選者、弘前市で講演などをし、萬緑同人の案内で十和田湖、奥入瀬を吟行、蔦温泉に遊び、津軽俳句大会にも出席して、八泊九日の旅であった。

句集『銀河依然』の昭和二十六年の項に、「津軽」の見出しで七十八句が収められており、当時の草田男の多作、好調を窺わせる。

作品はまず車中の景から始まり、「光太郎住む山」や渋民村などを通過、津軽湾の光景などを経て、「奥入瀬 八句」「十和田湖 十句」それから蔦温泉での句などが並び、次いで掲出句を含む五句がある。他の四句は、

灸据ゑられ泣きわめく声津軽は秋
津軽の西日けふもペンキのはげる家
津軽の西日ここ先途なき流行歌
幼児のごと玻璃に頰よせ海西日

の諸作で、掲出句は二番目に入っている。一句目の灸を据えられて泣きわめく声などは特に秋暑を感じさせるし、西日の中でペンキのはげている家は、これもやりきれない残暑の雰囲気である。津軽野は想像以上に広々としており、泣きわめく声も西日も、広い空間に広がってゆく。流行歌は津軽のはずれの竜飛岬。そこまでゆけばもう行き先がない。地の果ては歌の果てでもある。

そうした中で掲出した「西日の馬」は哀れである。現在は田仕事はほとんど機械化されており、馬を見かけることはないが、当時は農作業の主役が牛馬。今、この馬はもうへとへとに疲れ切っているようだ。それでもなんとか働かせようとしている男。背景を一切断って、西日の中の馬だけに焦点を当て、さらに馬の首だけにしぼった詠い方が、いよいよ生々しい実態を浮き上がらせている。

「しやくる」というのは「すくうように引き上げる、すくうように動かす」ことだから、馬の首を無理やりに引き上げるように曳けば、首はまさに千切れそうになる。西日という季語が絶妙に作用し、あかあかと涙を流していそうな馬の様子が見えてくる。口語調も生きている。草田男の動物への哀憐の情が色濃く出ている作である。

このあとの草田男は成田千空、川口爽郎各氏の家に寄り、晩夏の津軽の旅を楽しんでいる。

藁にかへる馬糞や盆も過ぎし道

第五句集『銀河依然』所収。昭和二十七年作。

初めてこの句を読んだ時、かなり驚いたので、今でも時に思い出してしまう句である。どこに驚いたかと言えば、第一に「馬糞《ばふん》」などという汚いものを中心に据えて詠んでいる点である。何か他に主題になるものがあって、添えたかたちで「馬糞」が置かれているのではなく、まともにそのものを詠んでいるので驚いたのであった。

第二に、そういう汚いものを、ふつうなら目をそらせるだろうに、よく視て、「藁にかへる」と本質を摑んで詠んでいる点にも驚いた。しかしこう言われてみると、たしかにそうであったと思い出したのである。

私たちが馬を見るのは限られた場所であって、昔のように普通の道路でこういう情景に出会うことはない。昭和二十七年頃にも、とても都会では見られない光景だったろうと思うので、どこか地方での嘱目であろう。あるいは、ずっと以前に見たのを思い出しての作かもしれない。

私が「ああ藁のようだった」と思い出したのは、観光地の馬だった。湖畔の道路を一周するような所だった。その光景を鮮やかに思い出し、一度思い出すと、妙にこの句のリアリティが強烈で、この句を忘れ難いものにしてしまったのである。俳句が読者の心に強く印象づけられるのは、案外こういう確かなリアリティによるものだと再認識させられてしまう。

この句の「盆も過ぎし道」はどういう意味があるのだろう。もちろん状況としては、旧盆過ぎのかなり乾ききった、八月の下旬あたり。年に一度の里帰り時のお盆も過ぎて、閑散とした田舎道。しらじらとした明るさの中に、馬糞も乾ききって藁に還り、すべてはまた元に戻ってゆく、といった様子である。

その上下の取り合わせの心には、あるいは、「盆」を媒体として、馬糞は藁に還ってゆき、人間は結局は土に帰するもの、というような気持ちが通っているのかもしれない。あるいはまた、「盆」には茄子や胡瓜の牛馬を作って精霊を迎えるので、そういう牛馬からの繋がりも考えられるかもしれない。盆過ぎの道には、迎え火を焚いた跡などに、牛馬となった茄子や胡瓜がそのまま置かれていることもあったから、それらも「盆も過ぎし道」の措辞を誘発したのかもしれない。

いずれにしても、馬が通り過ぎ、馬糞も失われてゆき、盆も過ぎ、村の賑わいも過ぎて、すべてのものが空しく過ぎた雰囲気は、事実性以上の何かの感銘をもたらしている。

返り花三年教へし書にはさむ

第一句集『長子』所収。昭和十一年作。

冬に入ってから、ぽかっと暖かい日和が続くと、つまり「小春日和」の時に草木が時ならぬ花を咲かせるのが「返り花」である。桜や梅、梨、つつじなどによく見かける。「うかうかと咲き出でしこの返り花　高浜虚子」がよくその感じを表している。「忘れ花」「狂い咲き」などとも言うが、それぞれニュアンスが異なるので、用い方によっておもしろい季語である。

草田男の返り花の句は歳時記などにも必ず載っていてよく知られているし、何気ない行為を詠んでいるのに、実感のある句として共鳴度が高い。珍しいし、大体が淡々として風情があるので、返り花を見るとちょっと手に取りたくもなるし、捨てるには惜しいので本の間にはさんでおく、というのもよくあることで、そのあたりの行動と心の動きに全く無理がないのである。

しかも、この句の場合は「三年《みとせ》教へし書」であるのも、返り花にひびき合っている。学校は新学期の四月から新しい教科書を用いるのだが、教師の側は、教科書の改訂がない限り、同一の本を次の年もその次の年も用いることができる。もっともそれは同じ学年を続けて持つ場合であって（つまり教師は落第するわけで）、教師も一緒に持ち上がっていってはそうはいかないが。教師がまたやり直すことなので、何となく「返り花」の「返る」あたりに通うものがある。私がこの句を好きなのは、私もまた教師を長くしていて、同じ本を二年ぐらいは用いた経験があるからかもしれない。

私は返り花を見るとこの句を思い出し、ついでに『虚子俳話録』で読んだ次の話を思い出してしまう。

この間の学士会での草樹会の翌日、

某曰く。

先生、昨夜の草樹会に草田男がこんな句を作りましたよ。

返り花三年教へし書にはさむ　草田男

先生曰く。

草田男もそんな素直な句を作るようになったのは、一段の進歩ですね……。

想はあっても、とかく描写に無理なところがありましたが……。

（昭一〇・一一・二九）

右の先生はもちろん、虚子。筆者は赤星水竹居。活字での発表は昭和十一年だが、作られたのは十年であることが判る。「ホトトギス」入会より六年の年月が流れ、「一段の進歩」と評された草田男、三十四歳の時のことである。

祖母恋し正月の海帆掛船

第四句集『来し方行方』所収。昭和十八年作。四十二歳。

句集ではこの句の前に次のような三句がある。

初寝覚今年なさねばなす時なし
一月の月桂樹叢機影高し
膝に来て模様に満ちて春着の子

右の一句目はいかにも元旦らしい句で、本年の覚悟が詠われている。昭和十六年頃からいよいよひどくなった言論、出版、結社への取締りや圧迫が、草田男にも及び、この年には「ホトトギス」への投句も止めている。そういう時代背景を考えさせる句でもある。

二句目は戦局ただならぬ感じを与えもしよう。

三句目の春着の子は可愛らしく、広く愛唱されている句。すでに長女、次女と二人の子の父親として平穏な正月の生活が感じられる。三女はこの次の年に生まれる。

こうした中で、掲出した「祖母恋し」の句は、ふっと自分だけの懐旧の情に籠もったような作である。

祖母に育てられた期間の長かった草田男にとって、幼時を思えば、祖母、そして海と帆掛船が、まずイメージに浮かんできたのである。この句、すべてイメージの世界のこととして読みたい。

昭和五十七年（草田男の死去は五十八年）の秋、私は松山の草田男ゆかりの地を訪ね、松前町《まさき》の草田男寓居趾にも廻った。草田男は父の任地、中国厦門《アモイ》の日本領事館で生まれたが、明治三十七年三歳の時、母と帰国し、松山市郊外の松前町海岸に住んだ。そこは松山市から八キロほど南下した半農半漁の町で、草田男の記憶にある最初の風景がその松前の入江と聞いていたからである。

「道路を距てて、方四五丁の入江に臨む。水門の開閉によって、満潮時には帆柱のある和船並び泛び、干潮時には一面の干潟となり、真紅の蟹群れ遊ぶ。これが最初の記憶の図である」と草田男が述懐した処である。物心ついた三歳の頃に、家のすぐ前に広がっていた入江は、草田男に強烈な印象を与えたのである。特に、帆柱のある和船はずっと心に残る原風景であったろう。

実際に私が行ってみた時にも、草田男旧居は道路をへだててすぐ入江に面していた。その家には住人がおり、窓や玄関はアルミサッシになっていたが、かつては格子造りで、船板塀で囲ってあるのが漁師町らしい雰囲気で、近くには榎の大樹が実を降らす杜や、長屋風の漁師の家などもあり、庶民的な地域であった。

掲出句、帆掛船という語がいい。祖母が使っていた言葉であろう。日本の正月らしい、なつかしさに満ちている。

おん顔の三十路人なる寝釈迦かな

第一句集『長子』所収。昭和六年作。作者三十歳。正式にホトトギスに投句を始めてからまだ三年目で、東大の国文科に転科した年である。

陰暦二月十五日を釈迦入寂の日とし、この日、寺院では涅槃像を掲げ、香華《こうげ》を供え、遺教経《ゆいきょうぎょう》を読誦して、涅槃会を営むことはよく知られている。涅槃像は涅槃図、涅槃絵、寝釈迦とも言って、釈迦入寂の有様を描いたもの。

実は、近代名句を鑑賞している教室があって、たまたま二月十五日の少し前に阿波野青畝の句、

葛城の山懐に寝釈迦かな

一の字に遠目に涅槃したまへり

なつかしの濁世の雨や涅槃像

などの青畝の代表句を採りあげて鑑賞したのであった。

これらの句は実に大らかになつかしく、涅槃会の様子が詠まれている。どこかに関西特有の味が感じられて、いっそう心ひかれる句である。これらの句を読んだあとで、いったい草田男にはどんな涅槃の句があっただろうと思い起した時、まず、三十路人《みそじびと》の句が思い出された。『草田男

季寄せ』を見ると、もう一句、

涅槃けふ吾子の唱《うた》ひし子守歌

の句が載っている。比較すれば、やはり三十路人の句の方が格段によいと思う。後の句はいかにも涅槃らしく、それだけ理に落ちたところがありそうである。今、草田男の全句を見返す余裕がないので、他にもあるかどうか断言できないけれども、仏教に関する句が決して多くはない草田男作品としては、やはりごく初期の三十路人の句が、涅槃の句としては最も良いと思われる。

釈迦は八十歳（異説もある）で入滅したと言われているが、涅槃像はどれもふくよかなお姿に描かれており、その御顔は、言われてみれば、三十歳代のゆたかさにあるものがほとんどである。（といっても、私もそれほどたくさん拝観したことはないけれど、本などで見たものを考え合わせても、どれもゆたかなお顔であった。）

そういう意味ではこの草田男の作品はまことに事実に忠実である。そう描かれているものを、その通り詠んでいる。青畝の「一の字に遠目に」という表現もかなり写実的であるが、それとはまた別の意味で、草田男は先入観なしに涅槃図に相対している。そして、感じた通りを正直に詠んでいる。ホトトギスに入会して、一生懸命に俳句の基礎を学んでいた頃の作句態度が窺われる。

それにしても多分珍しかったのであろう。全体に好奇心を感じさせる生き生きとした息づかいが流れている。

片陰や夜が主題なる曲勁《つよ》し

第四句集『来し方行方』所収。昭和十七年作。

この句集は昭和十六年から二十二年までの七百余を集めた、質量ともにずしりとした一書。題名は「過ぎしものゝ回顧を蔵し来るべきものゝ展望を孕んでゐる題名」で、「まことに私は、時代、国家と共に、己自身も亦、来し方と行方とを劃する微妙な一線の上に佇つてゐることを意識する。」と、作者自身その跋文に書いている。

戦時から戦後へと、まことに大きな時代の転機を含んで、草田男の句集の中では最高峰に位置していよう。よく、草田男の句集の中ではどれが最も良いと思うかと聞かれるが、私はためらわずこの『来し方行方』と答える。作者四十歳から四十六歳まで、句作歴十三年から十九年、しかも戦中から戦後への時代背景を負って、あらゆる意味で精神の高揚と充実した体力、情熱を感じさせる句集である。

掲出句、「片陰」は言うまでもなく、夏の日ざしが午後になって濃い日陰を作った様子である。道ゆく人がその涼しげな陰を選んで歩き、また休息する。

一方、「夜が主題なる曲勁し」の方は、何か各自の知っている曲、夜を主題としている曲を思い出さなくてはならない。そして、その曲に「勁《つよ》さ」を思い浮かべなくてはならない。昼と違って夜は暗さや闇を伴うから、その暗い中から勁い感じを導き出すとすれば、民族音楽的なもの、民族の抵抗する姿などに関連のある曲を思い浮かべるかもしれない。しかし、片陰とのかかわりはどうなのか。白日の下に細く伸びる黒い陰は、かえって強烈な印象を与え、夜や勁さを導き出すだろうか。それにしてもこの句は、判り難い部に属するだろう。

そこでこの句の自句自解を掲げてみる。

日盛の明るさと熱とが未ださして衰えない時刻に、幅狭く黒く現われただけの「片陰」。それは――対照的に「夜」というものの存在の意識をいささか甦らせはするものの、この時刻の「勁さ」の感銘を喪失してしまってはいない。戦時中「大東亜共栄圏」という政治的指導理念を宣伝する或る集会で、いくつものアジア民族の音楽を聴かせられたことがあった。その中に「夜が主題」である一曲があって解説者が、この音楽の勁さを耳にしただけでもこの民族の気力が衰えていないことがわかると説明した。あるいはそれがベトナムの音楽であったのかもしれない。

私はこの句が昭和十七年に作られたことに注目したいし、季語の用い方の独自性にも心ひかれている。

真直《ます》ぐ往けと白痴が指しぬ秋の道

第七句集『美田』所収。昭和二十九年作。

この句は、山本健吉が草田男の傑作として挙げ、「馥郁とした香りの思想句」と推奨していることはよく知られている。草田男が提示した「思想」と「詩情」との渾然一体となった作品として、現代俳句の一到達点と言えるであろう。

この句にはちょっとした思い出がある。某誌で俳人の特集をした時に、草田男論を書いて、その見出しとして代表一句を特に大きな活字で載せる時、この句を指定したところ、クレームがついてしまった。白痴というのは差別語だから、止めてほしいと言われたのである。それには驚いて、この白痴は俗に言う意とは異なっているのだから、と言っても駄目で、他の句と差しかえたのであった。文芸の世界もきびしくなったものである。

この句のポイントはたしかに「白痴」の語にある。この白痴は純粋な魂の人というような意であろう。私はいつも「寒山拾得」の寒山を思い出してしまう。一見、白痴とも思えるような姿として描かれているが、実は仏の化身であるような姿をイメージするのである。

一般にはドストエフスキーの長編小説『白痴』のムイシュキンを思い出すのが自然であろう。彼も純粋な心の持ち主であり、聖者を指摘する人もある。

しかし、草田男がこの句で直接にイメージしていたのは、川端茅舎に違いないと私は思う。草田男がいかに四歳年長の茅舎を深く畏敬していたかは、その逝去を悼む追悼文や句群でも明白である。句集『来し方行方』の昭和十六年の項に、「七月十七日、茅舎長逝の報いたる」の前書で、露を詠み込んだ悼句五句があり、十九日の告別式の一句、さらに「旬日後、彼を偲び、己が芸の為すなきを歎きつゝ近郊を歩む」の前書で五句が並んでいる。草田男の句集の中でも異例の追悼の深さである。

さらに、同じ『来し方行方』の昭和十八年の項には、「茅舎忌、其他」の小見出しの中に、茅舎をしのぶ五句があって、その一句に、

白痴茅舎偲ぶや寒月白《はく》を研ぐ

と、「白痴茅舎」と用いた句が見える。

これより先、昭和十六年七月には、茅舎の第三句集『白痴』が出版されたのである。この句集の中で茅舎はみずからを白痴と句に詠んでいる。

それから十一年後、掲出した「秋の道」の句には、草田男の進むべき道が示されている。「真直ぐ往け」である。それは亡き茅舎の指し示す道ではなかったか。

蝙蝠飛んで白夜は昼夜の外《ほか》の刻

「メランコリア」(三十七句)より。第八句集『時機』所収。昭和四十七年作。アルブレヒト・デューラー展が東京ステーションギャラリーで十月から十一月にかけて開催されていた。久しぶりにそれを見、草田男の群作を思い出した。

草田男は昭和四十七年に「デューラーとドイツ・ルネッサンス展」を観て、その夜と次の日の午前に「私の裡なる必然性が一種の至上命令として肉薄してきて熄まず」の状態で一聯の作品を成した。デューラーの代表的三大銅版画のうち「騎士と死と悪魔」はすでに二十年ほど前に作品にしており、この時は「メランコリアⅠ」を見ての作品であった。

この版画自体、謎めいた作品であるが、有翼の婦人が象徴するメランコリアを無為の病的な絶望状態とはせず、瞑想的、創造的、知的な人間が陥り易い傾向とする立場をとっている。句集『時機』に収録されているので読んでいただきたい。ここでは抄出して思想詩の傾向を味わっていただく。

白夜の楣《び》間《かん》大源「死《トット》」の砂時計
白夜の「数譜」世紀の数なる「15」に尽く
秤の皿虚《むな》し白夜に右と左
白夜の忠犬膝下沓《とう》下に眼落としつ
白夜の鋸《のこ》厚し白夜の音を絶《た》つ
弟天使白夜の昏夜を石貨に乗り
白夜のガウン厚きも膝へ肘《ひじ》尖《さき》鋭《と》く
オーロラ半円拡ぐるコンパス無限大へ
姉の長《ちょう》眉《び》緊《かた》しオーロラへ愁眉挙ぐ
白夜に語らず信の姉の辺知の弟
白夜に銀《しろがね》巨き主鍵と鍵束と
オーロラ一つ梯子の栈の間に遠《えん》市《し》

デューラー作「メランコリアⅠ」1514年

「造型」のさゝくれや虹へ飛行雲

第七句集『美田』所収。昭和三十二年作。作者五十六歳。

今回は少し気楽に、私の思い出を書いてみたい。

昭和四十三年三月二十五日に『美田』の出版祝賀会が行われた。何人もの方々がスピーチをして、会も終りに近づいていた。私は当時三十六歳で、萬緑新人賞は受賞していたものの、何といってもかけ出しである。のんきに会の雰囲気を楽しんでいたら、しんがりになってスピーチの指命を受けた。

ほとんど用意もなく私は、『美田』の手応えの重さについて、「大変疲れさせる句集でした」などと言い、草田男先生はじめ皆さんが笑ったりして、かなりざわめいた雰囲気となった。その時、『美田』の中で一番好きな句として挙げたのが、右の「飛行雲」の句であった。

今になって『美田』を読み返してみれば、他に秀句はいくらでもある。何故この句がそれほど気に入っていたのか、今になると判らないほどである。しかし当時この句を選んだことは、私の三十代半ば頃の志向や好みを明確に表している気がする。

実景としては、大空に懸かる天然の虹の美しさに対し、人工的な飛行機雲が交錯するようなかたちで、虹へ向かって伸びてゆくのである。虹の七色の溶け合うような美しさに対し、飛行機雲の方は白くささくれている。この両者の異質な美の感じが、私にはとても斬新に思えたのである。そして、青空と虹と飛行機雲の色彩の美、虹と飛行機雲との構図の妙よりも、作者は「造型」というものの本質を重視している表現に、きわめて新鮮なおもしろさを感じたのであった。

造型と言えば、造型美術のさまざまを思い出す。どれも物質に形態を与え、形をこしらえることで成り立つ。それは人工美の世界である。たまたま飛行機は、偶然に造型の美を作り出す。まるで彫刻家が彫るように、青空を背景に白色の雲の彫刻を描いてみせる。しかし、機械のなすことと言えば、しょせんはささくれてしまうのである。いささかの機械文明へのアイロニーがあるだろう。

思想的でしかもモダニズム的、というこの句のおもしろさが、若かった私を魅了したのであろう。この句に似た感じの句として、昭和十四年（作者三十八歳）に、

空かけてコンクリートの冬現る

がある。「空かけて」の表現から、何となく橋梁のようなものをイメージさせるが、冬空にかかるコンクリートはまさに寒々と冷たく、冬そのものである。

時に、草田男が心を大空に遊ばせた二句と言えよう。

読初や大草原と海を恋ひ

遺句集『大嘘鳥』所収。昭和三十八年作。同年二月号の「萬緑」誌上に収録されたもの。前書があって、「新聞紙上発表の年頭句を需められて。記念に録し置くなり。」とあり、朝日新聞の選者であったから、同紙の年頭吟であったと思う。

長女の婿の握手握力歳を祝《ほ》ぐ
読初や大草原と海を恋ひ
離屋に年頭国旗新家庭

右の三句がその折の句である。年頭句なので、実際に作られたのは、歳末の頃であったろう。昭和三十八年の正月は、前年末から新年にかけて、銀婚祝賀を含め、夫人と京都へ旅している。この「萬緑」二月号には、三十九句中、京都の句は五句、三月号では五十八句中に京都の句は四十九が並び、さらに四月号では京都行の二十三句を含めて四十三句発表という、実に旺盛な作句力で、精力的に作品を生み出していた。六十二歳の時である。『萬緑季語選』に自解がある。

新年にはじめて書物を読むこと。「吾妻鏡」によると、建仁四年正月十二日将軍源実朝が読書始めを行ない、「孝経」を読んだとある。現代では小説、詩歌集のたぐいをふくめて自由に読むこともよく、けっして儀式的なものではない。初草子、読書始とも言う。

年賀廻礼などが一応終った後のやや余暇の生じた折に、一年間の心の生活のスタートとして、基調を整えるためにする読書。それが一種の内的生活のスプリングボードともならんことを希って大部分の人びとは従来心の支柱となってきた宗教書とか古典とかの馴染の章句に目をさらし勝ちである。私も煩雑錯綜した陰湿な心理葛藤などを取扱った大部分の小説類を避けて、青年時代に一度愛読したことのある、寧ろ精密な随筆にちかい性質のチエホフの「草原《ステップ》」と、コンラッドかキプリングかの海洋小説の一部分に伸びのびとした気持で接してみたくなったのであった。

右の自解で、この句のすべての情況が判ってしまうので、付け加えることはなさそうである。六十二歳の草田男の年頭の思いが、面倒な哲学の原書とか宗教書とかを読初に選ばなかったことが心を引く。人間の心理葛藤の出てくる小説も避けている。そして選んだのが、大草原や海の描かれたエッセイ風のもの。

草田男俳句の原点にあるのが故郷、それも幼時の松山やその周辺の原風景と祖母にあるとはつねづね思っているが、草原も海もその世界のものであろう。

声のみかは満樹満枝の百千鳥

遺句集『大嘘鳥』所収。昭和四十九年作。

大樹に満ち溢れるばかり、枝々いっぱいに溢れて、いろいろの春の小鳥が明るく楽しそうに鳴き交わしている。この世の楽園を思わせる光景である。

この句の眼目は、「声のみかは」という強烈な反語表現にあると思う。「声だけではない」ということは、百千鳥の囀りだけでなく、楽しげに飛び交わす姿も、ちらちら見え隠れしながら溢れているということである。一般に「百千鳥」という場合は聴覚を主に捉えることが多いが、この句では視覚的な要素も加えて、全きものとして捉えていると考えられる。

しかし以上のような鑑賞は、「声のみかは」の声調からくる感動の強さに対して、どこか物足りない。思うに、この場合の作者の感動の中心は、百千鳥の声とか姿とかいう個々のことではなく、溢れている「生命《いのち》そのもの」への感嘆であったのである。満樹満枝の百千鳥の生命の輝かしさ、豊かさは、草田男俳句の中核をなす生命力への讃美、祝福の世界である。掲出句はその意味で、この世に具現したユートピアであり、現代における救いの世界と言えるであろう。中七以下のリズムの弾みも、よくそのテーマを支えている。

受験疲れを春の驟雨の霑《うるお》しぬ

「萬緑」昭和四十九年三月号所収。

この句の前に「女子受験生身寄辺庭木などに倚り」「入学成就校内チャペル鐘鳴り鳴る」とあるので、合格した女子受験生の場合と判るが、しみじみとして暖かい、慈愛溢れる句である。

春のにわか雨が、かさかさと乾びていた大地をうるおす時、受験疲れの少女がぼんやりとその雨を眺めて、心を癒していたのであろう。それを「受験疲れを雨がうるおした」という表現が、いかにも自然であり、巧みである。全く受験生は、神経が鋭敏でいらだちやすく、かさかさに乾いて、ささくれたような感じがあり、それは雪の少ない地方の冬の大地の乾きに比せられよう。春の恵みの雨は自然界にも人間の心にも等しく優しいのである。そしてこの句の背後には、長い間受験少女をさりげなく見守っていた作者の心の優しさがある。

この受験生は草田男先生の身近の特定の少女と思われるが、句としては個を抜けて普遍的になっており、ヒューマニズムを根底とする草田男俳句の本質がよく表れた、魅力ある句となっている。

若き等孜々と勤むる往《ゆき》来《き》花の園

「萬緑」昭和四十九年五月号所収。

桜の咲いている公園のような所が、ちょうど駅への近道になっていて、朝の通勤時などには駅へ行く人、駅から出て来た人などが忙しそうな足取りで、その園を横切って続くのであろう。そういう人々の流れを、作者は第三者として見ている様である。現実にはせっせと勤める勤労大衆のすべてが若いというわけではないが、作者が「若き等」と表現したのは、働く人々への愛憐の情が加わってのことと思われる。したがって桜の花も、働くことを祝福するが如く咲き満ちていると考えるべきであろう。

ところが、そういう同情的な暖かい眼差で詠まれているにもかかわらず、この底には一脈の淋しさが感じられる。それは作者がすでに傍観者の立場にいるためというのではなく、桜の咲き満ちた園をゆっくり花を見る余裕もなく、ひたすら働くために通り過ぎる人々の姿に、生きとし生ける勤労者の本源的な悲しみが感じられるからではないだろうか。

この句のポイントは「花の園」という場面設定にあるが、まるで舞台の一場面を見ているような感じがする。若く孜々《しし》と励むサラリーマンたちが、桜の咲く舞台上を黙々と通り過ぎてゆく趣である。ここで「花の園」という下の句は必然的にチェーホフの戯曲『桜の園』に繋がっていくと思う。

『桜の園』は地主階級の没落を描いていたが、あの中には鮮明な「時の流れ」があった。そしてこの句もまた、「往来《ゆきき》」の中に散ってゆく桜の中に、「時の流れ」が捉えられ、読者を魅するのではないかと思う。さらに考えれば「真に人間らしい美しい生活のためには、働くことが必要だ」とするチェーホフの主張も、「孜々と勤むる」姿に感じられてくる。さまざまな意味で興味深い作である。

秋篠寺

萩まろやか満株黄葉伎芸天

「萬緑」昭和四十九年四月号所収。

萩の枝垂れた様はたしかに「まろやか」の語にふさわしい。しかも今、葉が黄に色づき、株に満ち溢れているのである。その葉も丸型の萩であろう。色彩からも形態からも「まろやか」はよくこの時期の萩も表しているが、私が感服したのはそれのみではない。「まろやか」がまた、伎芸天の真髄に通っている点を、実に卓抜だと思ったのである。

伎芸天は、福徳・伎芸（歌舞・音曲などの芸能）を守る天女で、非常に美しい仏像である。いわゆる仏像という感じより、むしろ豊艶な女性を感じさせるところがある。この句は、表面はあくまでまろやかな萩の姿を的確に具象的に描きながら、その萩に囲まれた堂の中にいます伎芸天の姿を暗示し、その本質的な姿を象徴していると思う。巧みな句である。

鵲の来て今日の雪降り亙る

「萬緑」昭和四十九年六月号所収。

品位高く大らかな句風で、滞りのない美しい句である。句意も平明であるが、同時にさまざまなイメージを繰り広げさせてくれる句でもある。

「かささぎ」は朝鮮より渡って来た山鳥なので、高麗鴉・朝鮮鴉などの別名があるというが、「鵲」と表記するのが象徴的である。「鵲」と言えばすぐに古歌を思うし、故事を思い出す。「鵲」が和歌に盛んに詠まれるようになったのは、平安時代も中期に近い頃からと思うが、「鵲の橋」も同時代からであろう。たなばたの夜、牽牛と織女が会う時、かささぎが並んで天の川を渡すというが、何故かささぎが橋になるのか知らないけれど、ともかく懐旧の情を誘う鳥である。その鵲のイメージがあるゆえに、「今日の雪降り亙る」の「今日」に必然性が出てくるのだと思う。他の鳥では成り立たない詩情だと言える。

下五の「降り亙る」の「亙」がまた、時間的にも空間的にも広がりを感じさせ、限りない詩情を誘う語である。つまり空間的な渺々たる広がりは、雪の降る日独特のイメージを与えるが、時間的な広がりは「鵲」の持つ古き世へのイメージと繋がっている。用語の妙を見るべきであろう。さらに、この句のよどみないリズムの流れが、雪の降り続けるさまにふさわしい。モチーフと表現とが相まって、なつかしく魅力的な句となっている。

Ⅱ

草田男俳句の世界

『長子』および、それ以前の時代

昨年の秋、機会を得て、草田男ゆかりの地を訪ねた。松山の俳人宮内むさし夫妻の案内で、旧制松山中学校や松山高等学校、市内の草田男旧宅跡、中村家の墓地、中島の句碑、その他を廻ったが、特に私が関心を持ったのは、松前《まさき》町の草田男寓居趾であった。

草田男は父の任地、中国厦門《あもい》の日本領事館で生まれ、明治三十七年、三歳の時、母と帰国し、五歳で松山市内に移住するまで、松前町海岸に住んでいた。そこは松山市から八キロほど南下した半農半漁の田舎町ということで、草田男の記憶にある最初の風景が、その松前町の入江であると聞いていた。

松前町は小川が海へ注ぎ入って、その川口が入江を成しており、その周辺は小さな漁港になっている。入江沿いに一筋道が通っており、網元や倉庫や小売店や旧家などが建ち並ぶ。その家並みの中程の二階建ての家が草田男旧居であった。現在もそのまま家が残り、住人がおり、窓や玄関はアルミサッシになったが、かつては格子造りで、船板塀で囲ってあるのが漁師町らしい雰囲気である。裏庭の百日紅の老木には蓑虫が付いて、枯れかかっているようである。家の右側の路地が裏手へ続き、榎の大樹が実を降らす社や、漁村に多い長屋風の家もあり、かなり庶民的な地域であった。

旧宅前には入江がひらけ、小型の漁船も繋がれており、子供たちが河岸で釣りをしている。ぼらか何かが泳いでいる。鷗が飛び交い、秋日に潮の匂いが濃い。今は向こう岸の海近くは工場になっているが、昔はずっと海が一望に見渡せたのであろう。この入江と海との風景が、母国での初めての生活である幼い心に、かなり強烈な印象を与えたに違いない。草田男の原風景と呼べる世界が、そこに間違いなく広がっていた。

草田男は帰郷した時ここを訪ね、かなりの作品を残しているが、『長子』には「幼孩の頃の曽住地松前海岸の入江を訪ふ」の前書で、次の四句が収録されている（いずれも昭和十一年作）。

雲の峯海へ並み出て桃色に
翡翠一点三味は歎かう江の奥処《おくど》
六つほどの子が泳ぐゆゑ水輪かな
翡翠一点蜑の煙管か一閃す

これらの句は、昭和十一年当時の松前海岸の様子をよく物語っている。しかし私はこの地を直接詠んだこういう作ばかりでなく、たとえば、北海道への旅の途次の作と伝える名吟、

玫瑰や今も沖には未来あり　（昭和八年）

などに、この地での体験が深いところで作用していることを重視したい。「今も」という時、作者の胸中にはこの幼時の原風景が重ねられていたに違いないと思う。草田男作品の芯に流れる憧憬性や浪漫性、ノスタルジア、また、外光派的明るさ、メルヘン的要素などに、この原風景と幼時体験は大きく尾を曳いていたに違いないと思うのである。

草田男俳句の最大の魅力はどこにあるのか、と考えてみると、東洋と西洋という本来全く異質な世界を、俳句という小さな形式の中で渾然と融合してみせた魅力ではないだろうか。さらに言えば、東洋と西洋との間にはどうしても相容れない溝、亀裂があって、草田男俳句はその亀裂の上に危うくバランスを保っているようなところがあって、それが一段と光芒を放つ原因になっている。

草田男がその一元化を主張した「芸」と「文学」、あるいは「形式」と「思想」、「個」と「全」などは、本来相反する要素であり、それぞれ一方に徹すれば、限りなく離れてゆくはずのものである。それを草田男は、自己の生命の燃焼により、生命の根元に立って豊かに統一し、一元化しようとした。不可能を可能にするこの志向は、当然多くの失敗作を伴ったが、見事に成功した作品は、前人未踏の輝かしい世界を樹立し得たのである。

草田男の第一句集『長子』は、昭和四年から十一年までの三三八句を収め、同年十一月に出版された。そこで、すでに独自の草田男俳句の世界が樹立されており、跋文には俳句的信念も明確に表明されて、その理念は終生変わらなかった。すでにこの時点で生涯を賭ける一筋の道を見きわめていたのである。

中学時代の試作は別として、草田男は大学を休学していた昭和三年、二十七歳の時、「ホトトギス」を参考に一年間、自己流の句作をし、翌四年二月に叔母の紹介で初めて虚子を訪問、東大俳句会に入会、大学に復学して、本格的に句作を始めた。自己流の句作をしていた昭和三年の作はどのような傾向であったか、「ホトトギス」昭和三年十月号と十一月号の雑詠に、草田男の句が一句ずつ載っている。

坂おりて日傘さゝせし禰宜の列　（十月号）
時雨るゝや光りこそすれ石だゝみ　（十一月号）

二句とも写生の習作であるが、着眼に独特なものが感じられる。その後、東大俳句会で修業していた頃の作は、昭和四年の「ホトトギス」の「東大俳句会」のページに載っている。

いづこかに生ひし水草流れくる　（四月号）
競馬場そとに一峯聳ゆのみ　（七月号）
人々に四つ角ひろき薄暑かな　（八月号）

蛍籠さげつゝ門の宵ながし　（九月号）

八月号には他に駒沢の赤星水竹居別邸での句会の二句が見られる。以上の中で「人々に」の一句だけが『長子』に収録されているが、ひたすらホトトギス的手法を身につけようと努力している様子が窺われる。この間、虚子から雑詠投句を止められていた草田男の句は、秋櫻子の判断で虚子の手許へもたらされ、いきなり「ホトトギス」九月号に四句入選五位という輝かしい出発をしたのであった。

黄楊の花ふたつ寄りそひ流れくる
乙鳥はまぶしき鳥となりにけり
前向ける雀は白し朝ぐもり
ふと涼ししきゐを越ゆる仁王門　（仁和寺）

これらはモチーフの新鮮さと感覚の鋭さで際立っており、現在でも少しも色あせていない。続く、十月号で三句、十一月号で二句となるが、十二月号では、また四句八位となった。

蜩のなき代りしははるかかな　（十月号）
蜻蛉行くうしろ姿の大きさよ　（十一月号）

蚯蚓なくあたりへこゞみあるきする　（十二月号）

など、『長子』の中でも愛誦される秀吟がわずか一年余で早くも生まれる。押さえられていた詩情が表現方法を得て、急激に生き生きと流出し、独自の句境達成への予感に満ちている。

草田男が句作開始以前に、苦しい精神遍歴と西欧文学への傾倒を経ていたことは、よく知られている。中学時代の強度の神経衰弱と休学。高校時代の祖母急逝による生死問題での苦悩。死の恐怖を通して永遠を見たという異常な心理的体験。東大独文科に入ってからの父の急逝、再びの神経衰弱、休学など。またその間、ニイチェやトルストイ、ストリンドベリ、ドストエフスキー、ヘルダーリン、チェーホフなど西欧文学を愛読したことなど。そして文学・哲学・宗教などに苦悩の解決を求めながらも、休学せざるを得ないほど心身ともに疲れ果て、人生から逃避して、自然の恩沢に救済の道を得るため、「ホトトギス」流の客観写生による実作に身をまかせたというのである。自己を不在にして、客観写生に徹するこの逃避道としての慰みの場が、結果的には俳句デッサンの基礎修業となったが、この、自然に帰依する型の手法は、きわめて東洋的な手法と言わねばならない。この手法での一到達点として昭和五年の、

田を植ゑるしづかな音へ出でにけり　（九月号）

続いて同年「ホトトギス」初巻頭を得た、

つばくらめ斯くまで並ぶことのあり　（十月号）
蝸牛やどこかに人の話し声　（同）
水影と四つとびけり黒蜻蛉　（同）
家を出て手を引かれたる祭かな　（同）

などがあげられる。いずれも草田男独自の五感の働きがあり、『長子』中の秀吟として、現在もなお、この頃の写生句を特に高く評価し、愛好する人が多い。代表句として喧伝された、

降る雪や明治は遠くなりにけり　（昭和六年）

も、東洋的水墨画の世界に通ずる抒情が感じられる。

出発時に慰みとして始まったこの句作の道は、次第に「自己を全的に活かす唯一の途」に転じてゆき、後に人間探求派と呼ばれる方向へ進むが、それがいつ頃から始まるのか。それにはまず、自然よりも人事への関心が強くなった昭和七年頃が注目される。

「ホトトギス」（昭和九年六月号）の「還暦座談会」で、虚子が、草田男の句は小説になるようなことを作ると評し、句の評は普遍だが、作るほうは偏っていると発言したのに対し、草田男がこの一年か一年半、境遇の変化その他でいささか感傷的になり、人事的になり、偏っていることを認めると答えている。こういう背景の中で草田男俳句の出発が、

蟾蜍長子家去る由もなし　（昭和七年）

であることは間違いない。長子には家を去るような事態の起こり得ようはずがないという意で、人生における重荷を受けとめ、敢然と生きてゆく決意が表明されている。大学卒業を翌年に控えた三十一歳の作で、それまで思索し傍観し、逃避する姿勢であったのが、行動し創造する側への変貌である。しかもこの決意は、第一句集の表題として掲げられた時、いっそう鮮明になる。『長子』は対人生、対生活態度上ばかりでなく、俳句上の立場にも言えることで、

「負ふべきもの」を全体から負ひ、「為すべきこと」を全体の中に為さうとする者である。……縦に、時間的・歴史的に働きつゞけてきた「必然《ことはり》」即ち俳句の伝統的特質を理解し責務として之を負ふ。斯くて自然の啓示に親近する。横に、空間的・社会的に働きつゞけてゐる「必然《ことはり》」と共力して、為すべき本務に邁む。即ち、時代の個性・生活の煩苦に直面し、あらゆる文芸と交流することに依つて、俳句を、文芸価値のより高き段階に向上せしめようとする……

と跋にあり、時代の生活者としての意識の中で、伝統俳句を継ぐ決意が宣言されている。

秋の航一大紺円盤の中　（昭和八年）
冬の水一枝の影も欺かず　（昭和九年）
蜥蜴の尾鋼鉄《まがね》光りや誕生日　（同年）
曼珠沙華落暉も蘂をひろげけり　（同年）

『長子』は四季別のため、年代順に並ぶ『中村草田男句集』（角川文庫）を参考に、後半より抜いてみた。右の諸句、明らかに西欧的教養が血肉化し、写生的手法ながら油彩の雰囲気があって、全人的句作による斬新な美に輝いている。

百日紅乙女の一身またゝく間に　（昭和七年）
軍隊の近づく音や秋風裡　（昭和八年）
香水の香ぞ鉄壁をなせりける　（同年）
木葉髪文芸永く欺きぬ　（同年）
大学生おほかた貧し雁帰る　（昭和九年）
ジャズ寒し汽車の団煙之に和し　（昭和十年）
冬すでに路標にまがふ墓一基　（昭和十一年）

これらの句には、社会人としての認識の目が感じられ、思想性の定着を考えさせる。それは季語による思想の象徴化が試みられることで、全く新しい型《タイプ》の句の誕生となった。全人的句作はまた、季語を手がかりとして自己の心理を追究し、新しい詩境を開拓することでもあり、次のごとき句にその特色が顕著である。

六月の氷菓一盞の別れかな　（昭和八年）
思ひ出も金魚の水も蒼を帯びぬ　（同年）
縁談や巷に風邪の猛りつゝ　（昭和九年）
手の薔薇に蜂来れば我王の如し　（同年）
滂沱たる汗のうらなる独り言　（年代不詳）

『長子』の巻頭は春の部、帰郷二八句で、『長子』を代表する秀吟として名高い。

貝《かい》寄《よ》風《せ》に乗りて帰郷の船迅し　（昭和十年）
土手の木の根元に遠き春の雲　（同年）
夕桜城の石崖裾濃なる　（同年）
そら豆の花の黒き目数知れず　（同年）
麦の道今も坂なす駈け下りる　（同年）

等々、瑞々しい青春の抒情に溢れ、浪漫性、唯美性にも富む清新の句群は、時代が経てもなお我々の心を魅了し、光輝を放っている。

雪は霏々黄金の指環差し交す　（昭和十一年）
聖母像高し煖爐の火を裾に　（同年）
妹ゆ受けし指環の指を手袋に　（同年）
身の幸や雪やゝ凍てゝ星満つ空　（同年）

一方、巻末は昭和十一年二月、三十五歳での結婚の時の右の諸句。内省的な趣の、感銘深い句群で終わる。私生活上の長子として、新しい展開を期して纏められた一書でもあった。

（『俳句』昭和五十八年十一月号）

『美田』以後の作品について

『美田』以後の作品となると、昭和三十四年、中村草田男五十八歳の時から、現在（四十七年三月）まで、十三年三ヵ月間に亘り、この間に「萬緑」誌上に発表された作品は、五二四八句に上っている。年齢的にも最も円熟したと思われるこの時期に、一ヵ月平均約三十三句という多作ぶりは、まさに驚嘆に値する旺盛な作家活動と言える。この膨大な作品を改めて読み返しながら、草田男俳句の煌めくような多彩さや、詩魂の激しさに圧倒されたのであるが、最も感動したことは、その一句一句の確かな手応え、つまり一句の持つ重さであった。

草田男は「私達は現代の真唯中にある生活者として、『芸の人』でいる『特殊性』に結びついた自覚と同時位において、『生活の人』として、他の文芸の分野にある人と完全に共通な『普遍性』の上に覚醒していなければならない」（「萬緑」二百五十号にあたって）と、その覚悟を述べ、俳句における「多元の統一」「全人的発想」を提唱している。初期より一貫しているその主張を、自身で生涯を賭けて実践し、その輝かしい成果の集積がここに示されているのであるから、一句一句の重い手応えは当然であろう。

発表句数を手懸りに、この期間の様相を眺めてみると、二つの大きなやゝまがあり、その後は割合いに平坦な丘が続くといった趣きである。やまの一つは昭和三十四年・四〇三句、三十五年・四〇八句を中心とするうねりであり、他の一つのやまは三十九年の八一二句を芯として、三十八年・五三六句、四十年・六〇九句という非常に大きなうねりの時期である。四十二年以降は徐々にうねりが鎮まり、四十三年・一九一句、四十五年・二二七句という具合に句数は少なくなって、むしろ作品としての結晶度が高くなっているように感じられる。そこで私は、十四年に亘る該当期間を、次の三期に分けて考えてみたい。

第一期　充実した力強い作風

三十四年五十八歳から三十六年六十歳まで。この間、高浜虚子逝去に伴い朝日新聞選者の一人となる。現代俳句協会の幹事長、さらに俳人協会発足に伴い、その会長に就任。家庭では長女の結婚、初孫誕生、還暦などの背景があって、生涯のうちでも最も充実した一時期と思われ、作品にも力の籠もったものが多い。

旧《きゅう》景《けい》が闇を脱ぎゆく大《おお》旦《あした》　（昭和三十五年）

草田男俳句には新年の句が多い。求道的心情にぴったりくるモチーフなのであろう。第二・第三期にも各々「雲煙すなはち白竜なして年来る」（昭和三十九年）、「初日未だ真紅《しんく》のままの増す光」（昭和四十七年）など秀句が多い。

掲出の句、擬人法を用いた「闇を脱ぎゆく」が実に巧みである。実景に基づいた実感でもあり、同時に「闇」で暗示される古い汚れた暗いもの——マンネリ化したもの——を捨て去って、元日の朝の光りとともに新しく一歩を踏み出そうという念願が感じられる。作者は常に人間に対して「かくあるべき」という一種の祈りを持ち続けており、それがぴしりと定着した代表句と言えよう。祈りと言えば「秋碧落祈りこそ二兎を追はざるもの」（昭和三十四年）も逸し難いが、次の句にもまた祈りがある。

紫雲英ゆらぐ常に序幕であるを許せ　（昭和三十四年）

れんげ草の揺れるファーストシーンから映画の物語が始まる。その序幕に託して人生の序幕に当たる青少年記の幸福感が永続するように、神に祈っている。それは詩人として常に持つべき青春性の永遠化に対する祈りとも考えられる。これは故郷松山での作で、「紫雲英」は幼時追憶に繋がる魂の安住の世界を暗示していると思われる。

寒卵歴史に疲れざらんとす　（昭和三十四年）

歴史の必然的絶対力に翻弄されたくないというテーマで、滋養に富む寒卵は、そのために必要な活力保持の象徴と言える。歴史の流れに目覚めて生きる者の念願、一種の祈りが、この句にも感じられる。

白馬の眼繞《めぐ》る癇脈雪の富士　（昭和三十六年）

この句は雪富士の怒りを表したものだと思う。雪富士の火口を取り巻く鋭い稜線を、白い馬が怒る時に現す眼の囲りの青筋に見立てたものである。根底に確かなデッサンがあるので、強烈なイメージを与える。富士山に対する常識を越えて、強大な山の迫力を捉えた点に、作者の自然への深い洞察が窺われる。

草入水晶如月恋が婚約へ　（昭和三十五年）

美しい祝福に満ちた句である。「草入水晶」は茶や黒の鉱石を含んでいて、草が入っているように見えるのであるが、本当の草花でも入っているようなイメージを与え、婚約の本質が巧みに象徴されている。如月の語も、頭韻のように並ぶK音の繰り返しも、テーマにふさわしく美しい。娘への個人的愛情が、普遍的な「婚約」讃美に成り得ていると思う。

男《お》の花衣緋の一筋は血の証《あかし》　（昭和三十四年）

店頭のテレビで偶然「保名」の舞台を見、「(前略)われ歔欷を制する能はず、不覚にも慟哭に移らんとして、遂に其場を去る」という二十句中の一句。保名がなき恋人の形見の小袖を肩にかけて春の野に狂い出る姿を現した踊りと言う。狂うほどの恋の姿を見て落涙する作者に、無垢な純粋さ、保ち続ける青春性を感じ、真の詩人の姿を見るのである。

還暦自祝

鮮白の節《ふし》かず六十今年竹　(昭和三十六年)

今年竹に託したこの若々しい気概を見るべきである。他にこの期の逸し難い句を掲げておきたい。

冬の噴水携帯ラジオに携帯され　(昭和三十四年)

前へすすむ眼して鯛焼三尾並ぶ　(同年)

チエホフの小照に題す

黒かがやく細身外套雑種犬と　(同年)

芭蕉忌や己が命をほめ言葉　(昭和三十五年)

日向ぼこ父の血母の血ここに睦め　(昭和三十六年)

雲雀の歌光ことごと直進す　(同年)

文化国家日本とは

金髪のたつのおとしご・巴里祭　（同年）
蛆一つ轢かれぬ渺たり渺たりな　（同年）

第二期　湧き出る詩心

昭和三十七年六十一歳から四十一年六十五歳まで。三十七年二月より感冒のため療養。六月に恢復。五月には俳人協会会長を辞している。そのため五月号から九月号まで作品発表がない。十月号に「いざ行かん身につく蟻を払ひ尽し」と再出発の気魄で、以後、湧出の詩心は驚嘆すべき多作を生み、月平均、約五十句、三十九年九月号には一三五句という旺盛な句作活動を行っており、それらのモチーフはきわめて多方面に亘っている。ここでは主だった作品を取り上げて紹介したい。

「日の丸」が顔にまつはり真赤な夏　（昭和三十九年）
林檎トラックガソリン給油満目赤　（昭和四十一年）
曼珠沙華凝血天へしたたれり　（昭和三十八年）

山のここ日本の祭の赤と金　（昭和三十七年）
をみな等の喪の古言葉冬金魚　（昭和四十年）

草田男は赤い色が好きである。「世に赤をこそ色と言はめ」の詞があるほどで、曼珠沙華などが好んで詠われる。色彩心理学に拠れば、赤は刺激・興奮・暖かさを人に及ぼす色であり、その赤を好む人は活動性・衝動性・自己中心性の傾向があるという。青春性や情熱のシンボルと言えそうである。本質的・永遠的に生きようとする草田男の志向にぴったりするのであろう。四句目の赤は古代の丹塗りのイメージにも繋がる。伝統的な祭の本質を「赤と金」で把握した的確さに感嘆する。五句目、斎藤茂吉の連作「死にたまふ母」の中に屋梁《はり》にいる燕ののどの赤さが「死」の象徴を感じさせる名歌があるが、この冬、金魚の赤さも同じような象徴性を感じさせる。喪の古言葉とは「ご愁傷さま」などの語であろう。

妻への感恩マスクして巷間にあり　（昭和三十八年）
冬を大きな櫛《くし》形《がた》月《づき》や女性《にょしょう》の恩　（昭和四十年）
　第三の宿舎「菊水」にて
除夜の鐘「二《ふた》つ音」床を巡り競ふ　（昭和三十八年）

一句目、町中でもマスク一つで家庭の暖かみを感じ続けることができる心理を巧みに表現した句。二句目、大きな櫛形月で女性（妻）の恩を定着している手腕。三句目、京都行（奥様と二人で）の群作中の一句。「二つ音」は鐘の音であるが、さりげなく二人旅を暗示していて余韻がある。いずれも愛妻の情が溢れて、草田男作品らしい魅力がある。

父が遺品の梨地の時計文化の日　（昭和三十九年）
女の幽霊詑陳べに出て四月馬鹿　（昭和四十一年）
母の日や黒髪人魚の古画の行方　（同年）
捨畳藺の芽吹き出て敗戦日　（同年）

単に意外性や知的興趣に走らず、各々の季語を本来の意味で生かしている点に注目したい。

個人と自己の差も識らぬ代や梅澎湃　（昭和四十年）
巌頭の梅なる「白き力」はや　（同年）

梅花の句も多い。前句、梅は一輪ずつくっきり咲きながら、全体として溢れるばかりの美を呈する。個人対社会の関係も同じである。その真の個に目覚めずに、単に自己中心的に生きる現代の風潮への痛烈な批判がある。後句の気魄。「白き力」の表現が独特で秀逸。

一度訪ひ二度訪ふ波やきりぎりす　（昭和三十九年）

郷里松山市に近い中島に建立された句碑の句。若き日、一度訪れたことを思い出しつつ「波の永遠のさだめ」に呼応するきりぎりすを詠んで、情が籠もっている。調べも美しい。
旅行吟としては、芭蕉の故郷伊賀上野の群作があるが、その生家を訪れた時の句、

正《まさ》しう聞きぬ呱々の声又秋の声　（昭和四十年）

は絶唱である。芭蕉への思いの深さが伝わってくる。その芭蕉と四つに組んだ作品としては平泉の群作がある。中尊寺にて、の句では、

五月雨に方位一途や光堂　（昭和四十年）

義経堂にて

頭上の夏日金鶏の色又血の色　（同年）

突如の雷鳴高館のみへ慕ひ寄る　（同年）

歴史への深い参入と気魄が感じられる。

モナリザの図に題す

すぐそこに居り到る道煙霧のみ　（昭和四十年）

こういう句を見ると、俳句形式に希望が湧いてくる。モナリザの真髄が表現されているばかり

でなく、人生の本質に触れていると思う。

花柊「無き世」を「無き我」歩く音　（昭和三十八年）

正宗白鳥逝去の時の句で、長い前書があるが、こういう哲学的深さは、草田男以外、何びとも未だ創造し得なかった句境だと思う。

眠れる犬の夢の世もあり初の蝶　（昭和四十一年）

荘子の蝶の夢や盧生の一炊の夢などあるが、「犬の夢」のメルヘン的発想は楽しい。

まさに瑠璃富士を前なる勿忘草　（昭和四十一年）

「富士には月見草がよく似合う」と言ったのは太宰治であったが、この勿忘草は月見草に引けをとらない。草田男俳句で最も多い題材は泉であろう。その代表に一句。

水を読むかに泉辺の老《おい》耽読　（昭和四十一年）

他に触れたかった句を並記しておきたい。

侘びしげの仏像すごし蟻地獄　（昭和四十年）

鼬の頭《ず》がさむき全身ふり返り　（昭和四十一年）
今年竹いく度区切りて吼ゆる牛ぞ　（同年）

第三期　遥かなるものへの思慕

昭和四十二年六十六歳から四十七年三月七十歳まで。四十二年に三十三年間教職にあった成蹊大学を定年退職した。この頃から句が穏やかになり、破調も少なくなっている。

七重の丘の奥なる村や羽子の音　（昭和四十二年）
梅馥郁水と火のある一軒家　（同年）
日は月を呼び泉辺に雉子の声　（同年）
他郷更に遠く野菊へ来りけり　（同年）
大いなる旧き掌一枚種を蒔く　（昭和四十三年）
蛍のにほひこは竜神と母のにほひ　（同年）
桃源の土は肌色歩を拒まず　（昭和四十四年）
山邃《ふか》く水晶生えて水鶏鳴く　（同年）

これらの句のモチーフは昔から日本にあるなつかしいものばかりで、機械文明に毒されない世への郷愁があり、遠く遥かなものへの思慕も感じられて、深い味わいを湛えている。しかし、もちろんすべての句が平穏というわけではない。

身体髪膚皮膚黄がゆえの原爆忌　(昭和四十二年)
全能母に縋れど天燃え原爆忌　(同年)

など、世界不安に対する切々たる思いが込められていて、我々の心に訴えてくる。特に前句、白色人種の有色人種に対する差別意識への抗議は激烈である(昭和四十二年八月十一日号「週刊朝日」のアンケート「私の中のヒロシマ」参照)。

また、この期には弟妹お二人続いての永別に逢われ、嘆きの深さが推察される。

秋天円蓋頭蓋骨円く白し南無　(昭和四十四年)

弟御逝去の祈りの句と思われる。個人としての死者への悼み悲しみを越えた、「死」そのものへの凝視が感じられる。

深雪して遺愛樹の洞《うろ》ふたがりぬ　(昭和四十四年)

「次妹急逝」の七句中の一句。眼前の写生であろうが、同時に、死とともにその人の社会的存在が無に帰してしまうはかなさを暗示している。

最後に、今月号から最も新しい作品を一句。

砂　川　や　十　露　盤　玉　の　玉　蜆　　（昭和四十七年）

郷里の砂川を回想しての作。「算盤」とせず「十露盤」と表記した細かな配慮を見るべきで、文字の与えるイメージは大きい。砂川に眠る玉蜆を通して郷愁が溢れ、詩人草田男の魂の回帰が感じられる。郷愁の句と言えば、与謝蕪村（六十八歳没）を想起するが、草田男が七十代・八十代・九十代と齢を重ねるごとに、一歩一歩前人未踏の芸域を着実に開拓して行かれることを心から信じている。

（『俳句研究』昭和四十七年六月号）

中村草田男の近業

「萬緑」二百五十号記念の祝賀会が催されたのは、昭和四十五年十二月であった。その時の来賓の一人、今は亡き秋元不死男氏が祝辞の中で、「草田男先生と私は明治三十四年生まれで九紫の丑ですが、他に山口誓子、故日野草城、滝春一さんなど九紫の丑は俳句がうまいようで……」「女房に頼まれて運勢暦を買って来たので、丑年生まれの来年の運勢を……」と読み上げられた。司会者から、草田男先生の奥様も丑年です、と註が入り、その後で詩人の村野四郎氏も「実は私も九紫の丑で、天皇陛下も同じです」と言われた。「萬緑」には、たまたま一回り下や二回り下の丑年生まれが多いので、そのあと該当者たちは丑年生まれは俳句がうまいのだと、気勢が上がったことであった。その明治三十四年生まれの方々は、今年、昭和五十三年に満年齢での喜寿を迎えられたわけである。草田男先生は昨年十月「喜寿記念俳句展」を銀座で開かれ、大盛況であった。

昭和二十一年十月に草田男主宰誌「萬緑」が創刊されてから、昭和五十年一月号で三百号を迎え、来春五十四年三月号が三百五十号になる。また、五十二年一月号では三十周年記念号を出した。戦後三十余年の世の歩みと時を同じくして、草田男を中心とする「萬緑」の遥かな歩みであったし、昭和俳句の流れの中で大きな意義を持つ歩みであったと思う。その中で特に最近の数年間は、中村草田男の生涯にとって過去の偉大な業績の総まとめといった時期と言えるであろう。

昭和四十七年十一月には、多年、俳句に専念、多くのすぐれた作品を発表し、文学の向上に寄与した功績によって、紫綬褒章を受章された。四十九年四月には、教育学術文化向上に尽くした功績によって、勲三等に叙せられ、瑞宝章を授与された。これらによって、その業績への評価が判ると思う。一方、五十二年二月には、東京都港区南青山の区立青南小学校の校庭に、同校の創立七十周年記念事業の一つとして、「降る雪や明治は遠くなりにけり」の句碑が建てられた。この小学校は草田男の母校であり、また、この句の生まれた場所でもあり、最もふさわしい句碑となった。

「俳句研究」誌の昭和四十七年六月号は、中村草田男特集であった。その中で私は『美田』以後の作品について」の項目で、四十七年三月までを扱った。今回は、それ以後、四十七年四月（七十歳）から五十三年十月（七十七歳）までの六年間ほどを考えてみたい。

草田男俳句における根本理念は、初期から現在まで、一貫して不変である。昭和五十年三月に

『萬緑合同句集2』が出版されたが、その序文で信条がはっきりと再確認され、最近の感慨も付言されている。草田男の理念・信条はすでに広く知られているが、改めてここで、その序文の要点を纏めておきたい。

まず、第一句集『長子』の跋から「私は伝統の安易さの中に眠るものでもなく、新興の放埓さの中に溺れるものでもない。伝統の本質的な必然性の上に立ちつつ、時代の煩苦に直面してゆく者である」と引用し、「一個の俳句作品は飽くまでも〈芸〉としての要素と〈文学〉としての要素から成立して居り、又成立させなければならない」とし、その〈芸〉とは「俳句の有機的特性に関する制約の一切」を指し、〈文学〉とは「作者の内面界における、人生、社会、時代の生活者としての無制約の豊富な内容」を指すと述べている。

そして、基本的本質において、芭蕉の「造化にしたがひて造化にかへれ」の態度と、正岡子規を経て、高浜虚子の「写生」の指標を拠るべき「公道」として自覚するのだが、「俳句文芸を現代詩の一域として不断に活かしつづけてゆく」ためには、現代の真只中にある実生活者として「芸の人」である「特殊性」の自覚と同時に、「生活の人」として、現代の他の文芸の分野にある人々と完全に共通な「普遍性」の上に覚醒していなければならず、「特殊性」と「普遍性」との一致、抱合の一点を、まず自らの上に自覚の根を固めてかかろうとしたのだ、と言う。

後半は、戦後出た第五句集『銀河依然』の跋から「私の内側においては、単なる情感的要素の追求というだけではなくて、ますますそれが思想性、社会性の要素、そういう自己の内的生命をより広く深く発展させてゆくことが切実な要求となりつつある」と引用し、その後、社会性俳句が文芸運動のある時期の中心要求主題のようになったが、自分としては「内的生命と魂の問題として自覚された」こと、その後、造型俳句などが文芸運動化された時期にも、先に述べた「特殊性」と「普遍性」との「核的な自覚の場から微動だにしなかった」ことを述べている。

最後に、戦中派に属する人々が、「芸と文学との一致」という実践道を「素朴に自覚し、敢為に推し進めてくれること」を切願していたが、その後の社会は「いろいろの命題や文学意識や、それに伴う性急な試作段階が次々に後を追って」「唯一基本の道」が「戦後の長きにわたって追求、実践されたとはいい切れない」と言うのである。

長文の序をたいそう乱暴に要約したが、草田男の近年の志向の概略である。その他では、年一度開催される「萬緑」全国大会での講演や、朝日俳壇の年次講評、その他、各方面への寄稿があるが、ここでは、近年の大会の講演のテーマについて簡略に記し、参考にしたい。

昭和四十九年度――ピカソの「絵画の世界での真実というものは唯一つしかない」という言葉や、第五次元の話から、俳句の場合も、存在の大本《おおもと》である自然界と一つになって自己の生命の総体をあげてかかるべきだ。それが結局万人が肯定し、全体の人の追求するところへ一つになるのである。

五十年度――岸田劉生の画業を説きつつ、俳句が季題というモノによってコトを表す日本独特の象徴詩であるから技術者《アーチザン》にならぬよう、心に聞こえる何ものかの声（神の声）に耳を傾けて進んでゆくべきである。

五十二年度――斎藤茂吉の言葉「歌人は己がかなしきwonne《ボンネ》の中に住みつづけるがよい」を引いて、短歌・俳句の特有な性格を説いている。

五十三年度――〈「軽み」について一言〉という演題で、その歴史的考察のもとに、「軽み」が、非常に新しい作品の世界で、生命的な明日を開く基本のイデーであるとは思えないこと。「軽み」が万能であると考えることは、作者の内的生命を衰弱させ、アーチザン的な生き様に、われわれを知らず知らずのうちに導いて行くのではないか、と説いている。

これらの講演の根本の思想は一つであって、一言で言えば全人的追求をせよということになるであろう。

次に、作品を見てゆきたい。

日の丸に裏表なし冬朝日　（昭和四十八年）
蜂蜜の糸たれたたむ冬日中　（同年）
夢殿の夢の扉《とぼそ》を初日敲《う》つ　（昭和四十九年）
声のみかは満樹満枝の百千鳥　（同年）
初蒲公英葉の鋸目内へ内へ　（同年）
薔薇日増しに五角六角詩《うた》の業《わざ》　（同年）

男の日々へ来る水行く水花菖蒲　(同年)
白障子の明けゆく此の世の桟の影　(昭和五十一年)
傷すべて古傷となり蒲穂絮　(同年)
吹かれあがりつづく落花や呼ぶごとし　(同年)
磯歎き聞けよと妻や声ひそめ　(同年)
返り花吉備団子から黄粉《きなこ》散る　(同年)
惜命ならぬ惜名や散る山ざくら　(昭和五十二年)
向日葵突伏し密封大地を窺へる　(同年)

こうして掲げてみると、長い修練による確かな写生の眼を基にして、まさに全人的に句作し、内在律を生かして「芸」と「文学」との一致が果たされていると思う。特に、年齢を意識させないのではないだろうか。「老い」については、野澤節子氏との対談（昭和四十八年七月）の中で、「老の花とか、老いの美とかを意識したらもう、老の花でも、老いの美でも無いでしょう」「枯淡主義みたいに意識して作るというのは反対だけれども」（川端龍子の晩年の絵を例として）「いつまでも青年期を続けようとすると、どうしようもなくて、形だけは元の通り在るんですが、乾いてしまう」とも言っている。自己の内面に忠実であれということであろう。

実際に真正面から老いが詠まれている句は、

老眼の夜目にも著き灯の花間《はなま》　（昭和四十九年）
夕菫シュークリーム賞味し戻る老《おい》　（昭和五十年）
七十七の春口笛を音《ね》にさせ得し　（昭和五十二年）

などで、むしろ若々しい角度から詠まれている。人間性を信じ、ヒューマニズムの立場に立つ草田男は、実相の確かな認識の上に立って、人生を探究してゆく時、わざわざ醜いマイナス面を抉り出すことをせず、人間のあるべき姿を見つめてゆく立場であることを改めて思わせる。老醜の句のない所以であろう。そして、老境を感じさせる点があるとすれば、亡き父母や故友、家郷、幼時、旧き時代等を回想し追憶する句が、近年、相当数にのぼる現象の方であろうか。たとえば、

彼岸花よ夢立帰り夢戦前　（昭和四十八年）
明治の良夜か掛手拭と手洗鉢《ちょうずばち》　（同年）
木犀や帰朝者父のそのにほひ　（昭和四十九年）
竹馬《ちくば》の友等よ高だか青あを竹屋残る　（昭和五十年）
父母恋し鍬鑢にて食ふ茹玉子　（同年）

というような句で、魂の回帰を感じさせる。

次に、毎年、数句から十句も纏めて発表され、佳句の多い蛍の句を取り上げたい。四国在住の

同人からの郵送の蛍である。

むかうから皆迎へ灯の蛍火や　（昭和四十八年）
命ぁゆむ昼の蛍の赤と黒　（同年）
よろこびにも女人吐息す蛍の香　（昭和四十九年）
五十年来の隣家もありて蛍籠　（同年）
蛍籠へ水噴く音の唇歯の音　（昭和五十一年）
蛍籠のいただき通ふ星の風　（同年）

蛍の句では、すでに昭和四十三年に「蛍のにほひこは竜神と母のにほひ」という注目すべき句があって、竹中宏氏が、この句にエロスの世界を見、生命の根源のありようを見、草田男俳句の全的理解のために性的モティーフに着目する接近法を説いている（昭和五十年三月）。右に掲げた中でも「よろこびにも…」の句などには同じくなまぐさい世界を感じるが、つまりヒューマニズムとか、あるべき姿とか、正しい生き方とかいう範疇を超えて、のっぴきならない生の根源の姿が破れ出た世界があるということである。そして、そこから草田男俳句を再認識する手懸りが摑めると思うのである。

エロスの世界とは対極のようであるが、のっぴきならない形での作品群がある。デューラーの版画「メランコリア」による三十七句（昭和四十七年六月）で、これは版画を見たその夜と翌日の午前に「私の裡なる必然性が一種の至上命令として肉薄してきて熄まず」一連の作品誕生となったという。すでに二十年前、デューラーの「騎士と死と悪魔」によって得た作品が、句集『来し方行方』中にある。草田男の天才的詩精神と哲学的洞察力の深さを感じさせる、驚嘆する作品群である。いま詳述する余裕はないが、宮脇白夜氏の鑑賞（昭和四十七年九月）がある。

昭和五十二年十月、メルヘン集『風船の使者』（みすず書房）が刊行された。各新聞の書評欄に一斉に取り上げられ、この短篇集の燦然たる出現は多くの識者の魂を揺り動かした。内容は第一部八篇、戦前（昭和七〜九年）の「ホトトギス」に掲載されたもの、第二部六篇は戦後（昭和二十一〜二十四年）の作である。

江藤淳氏は、特に第二部の六篇を真の戦後文学として不朽の名作と絶讃され（毎日新聞・時評）、また草田男のメルヘンに最も早く注目した山本健吉氏は「人間の魂の美しさ」を描いたとして、高い評価をされている（東京新聞・月評）。日を追うて世評の高まった本書は、昭和五十三年三月、芸術選奨文部大臣賞を受けた。

草田男俳句を氷山の水上の部分にたとえれば、その下にいかに厖大な世界が隠されているかを改めて思い知り、その一端を垣間見る思いがする。本書を読むことで、初めて草田男俳句の世界が理解されるのである。

最後に、悲しいことであるが、昨年五十二年十一月、関西での萬緑句会に草田男先生に同行された直子夫人は、高野山の僧坊で倒れられ、容態悪化、ついに二十一日、帰らぬ人となられた。享年六十四歳であった。

をみなの魂《たま》たかく召されつ聖母の月　（昭和五十三年）

熱心なカトリック信者で、マリア・セシリア直子となられた奥様への、草田男先生の哀悼句である。御魂安かれと祈って終りとしたい。

（『俳句研究』昭和五十四年一月号）

草田男と父

「草田男と父」というのが与えられた表題であるが、「父の句」というと、いろいろの場合が考えられる。（一）草田男が父親の中村修氏のことを詠んだ句、及び義父（妻の父）福田弘一氏のことを詠んだ句。（二）草田男自身が自分を父という立場で詠んだ句。（三）一般論として父親というものを詠んだ句。（四）特定の知人の父を呼んだ句。（五）（二）の場合の延長として子への父情を詠んだ句、などである。この小稿においては（一）の「父」の中村修氏を詠んだ句に中心を置いて書くことにし、便宜上（二）及び（三）にも触れてみたい。

まず父親である中村修氏のことから始めたい。

「萬緑」昭和四十八年十二月号に「父ありき」の一文がある。これは四十八年九月二十一日付朝日新聞「こころのページ」からの転載で、林田氏がインタビューして執筆されたものであるが、修氏の略歴、人物及び父と子の心の繋がりが実によく判る文章である。その中で特に注目される点が二つある。

一つは修氏がもし事情が許せば、硯友社などの文学の道に入っていたと思われるほどの文学愛好者であり、徳富蘆花のものをほとんど揃え、島崎藤村の翻訳を企てたり、佐佐木信綱の門に入って歌を詠んだりなど、一生文学への関心が続いたが、それのみでなく子供にも一人ぐらいは文学の世界に入り、自由に自分を発展させて欲しいと願い、それは俗世間での華やかな栄達ではなく、心の生活をさせたいと願っていたということである。

もう一つは外交官としての単身赴任生活が多かったので、たまに子供たちと一緒の時にはサービスにつとめ、長子草田男は父から叱られたことが生涯に一度もないほどであり、また父が外国にいる時には、英語の童話と訳文や、毎日の手紙が送られてくるなど、愛情深い父親だったということである。

こういう父親の姿を考えると、俳人草田男はこの父あってこそ生まれたと思わざるを得ない。その文学への傾倒も、ついに文学の世界で生きることになったことも、父修氏の望み通りになったと言ってよいと思う。

「掌の白桃父の願ひぞ子に実りぬ」（『来し方行方』）の句が、こういう事情を簡潔に表明している。ただ残念なことは、父修氏の逝去は大正十五年三月で、草田男の句作は昭和三年からであり、昭和四年「ホトトギス」の新人としてデビューするが、ついに父修氏は俳人草田男の誕生を知らなかったことである。

「木菟は呼ぶ父は頭黒《ず》うして逝けりし」（『火の島』）の句は、若くして逝った父（五十三歳）への痛切な嘆きに満ちている。

第一句集『長子』の跋は「私は此一書を、終生文芸への念願を絶ち給はざりし亡き父の霊に捧げたいと思ふ。」で結ばれている。この跋もまた俳人草田男の出発は父親の意志を受けつぐことであり、父の考えの延長上にあることの証でもあろう。

『長子』の題名は跋に書かれているように、第一句集であること、戸籍上のみでなく長子の運命を自ら執り、辿りつつあることを象徴しているが、そこには長子としての父の文学志向を受けついだことも含まれていると思われる。『長子』が帰郷二十八句から始まっているのも偶然ではない。この帰郷は昭和九年の春、母上とともに亡き修氏の墓を整えるための帰郷であるが、しかしこの帰郷の中には父に関する句は一句だけで、それも母を通しての表出である。

父の墓に母額づきぬ音もなし　（『長子』）

この句の場合、父への思慕よりも遺された母の姿の方に主点があって、母を見つめる作者の目は明らかに長子的である。他に『長子』の中で、父に関係ある句は次の二句だけである。

猫の恋後夜かけて父の墓標書く　（『長子』）
知らぬ伯母祖父母ならびに父の墓　（同）

前の句は、帰郷の時に木の墓標を石の墓に整えたということなので、そのために書いている時のことを詠んだと思われるが、この句から感じられる作者の父親への思いは、「猫の恋」の季語によって何かひどく本能的な、痛切な血の繋がりというようなものを感じさせる。それに対して後の句は昭和十一年再び帰省した時の句で、事実を淡々と叙しているようであるが、「ならびに」で「知っている父」への思いがさりげなく表れている。

何故『長子』には父を詠んだ句が三句しかないのであろうか。句集の性格上やや意外に思われるが、それはたとえば、

父を愛して話題とはせず花八ッ手　（昭和四十年二月）

に通ずる思いではないだろうか。つまりあまりに深く、全霊的である場合、かえって表面に作品として定着できにくいと言えるのではないだろうか。

次に『火の島』以後になると、草田男自身が父親の立場になってゆく。第一子誕生の時、

父となりしか蜥蜴とともに立ち止る　（『火の島』）

第二子誕生のあとでは、

夫《つま》たり父たり群鷗寒く啼き啼きて　（『火の島』）
ほとゝぎす二児の父なる暁《あけ》を啼く　（同）

右の三句、父としての思いをそれぞれ蜥蜴、群鷗、ほととぎすと小動物に託しているのが興味深い。最初の句ではとまどい気味であった父親としての気持ちが、二句三句目になると父親としての責任感のようなものに変化していて、「父」としての定着が窺われる。さらに次の時期には、

翼ある父ぞしか想《も》ふ春の愁ひ　（『銀河依然』）
虹の心うすらぎ濃くなり父の心　（『母郷行』）

などと、微妙な父心の揺れが見られ、さらに、

盲に似て眼ある蝸牛夕の父　（『美田』）
つくづくし筆一本の遅筆の父　（同）
靴底すべる夏芝やよろこび居る父ぞ　（同）

などと、後年になるほど父という立場が明確になり、根を下ろした句になっている。特に一句目の「夕の父」を「盲に似て眼ある蝸牛」で捉えた表現は象徴的である。
このように自分も父親となった上で、どういう形で亡父が心の中に棲みついているかを考えてみたい。それにはどういう場合、どういうことが機縁となって、父を想い出し、父の句が出来ているかを見ることにしたい。

亡き父を想い出す最も一般的な場合は忌日であろう。

採点と父の仏菓に灯ぞ冴ゆる　（『火の島』）
窓の夜気十三回忌雪なかりし　（同）
木菟は呼ぶ父は頭《ず》黒ぅして逝けりし　（同）

前後の句から考えて、この三句は同夜の作と思われる。一句目の後に採点の句が四句続き、採点を終え、二時の木菟の音を聞き、二句目に書いた十三回忌が出てくる。次の三句目はすぐ続いている。つまり作者は職業上のっぴきならない採点を続ける間中、心の深所で十三回忌の父のことを思い続けていて、採点がとにかく終わったという時、どっと父への思いが噴出した趣がある。「木菟は呼ぶ」のあたりに、あの世との交感がありはしないだろうか。夜中二時という時刻も注

目すべきである。他に忌日の句としてはごく最近作として、

父の五十回忌を修せむとす。　一句。

庭訓の庭に尚ほ立つ霜なつかし　（昭和五十年三月）

がある。明治の父親の子への教育が思われて、良識ある家庭が想像されるが、霜をなつかしむという表現で、父をなつかしむ五十回忌の心が素直に打ち出されている。十三回忌の句と比べて穏やかな詠みぶりに歳月の流れが感じられる。

満五十歳

晩涼父がわが産声に耳かせし刻　（『銀河依然』）

自分の誕生日に父を想った興味ある句であるが、この中には明らかに父親となった時の自分の体験が織り込まれ、生かされている。

次に、父の処世、人生観などに関係ある句を掲げてみる。

机上冬父も欲りしは湧く力　（『萬緑』）

夜学の灯影詩を恥ぢそとは亡父の戒　（『美田』）

犬ふぐり淡如たりし亡父の無常観　（昭和三十九年五月）

薔薇の新月和魂洋才なりし父　（昭和四十九年九月）

一句目には父に競い立とうとする男としての気概が感じられ、二句目は文学愛好者としての父の姿勢がはっきり打ち出され、俳人としての作者の支えになっていることが判り、三、四句目には客観的に父を見うる余裕が感じられ、いずれも父を誇らしく思い、なつかしく思う、その交錯した心情が窺われる。やはり作者にとって父の処生、人生観は一つの典型となっていることが判る。

外交官生活の、異国に関連しての句では、

若き亡父が米土で撮《と》りし一雷雲　（『銀河依然』）
生前父の長航幾度夕焼雲　（『美田』）
木犀や帰朝者父のそのにほひ　（昭和四十九年十一月）

前二句は雷雲、夕焼雲などに、三句目は木犀の香に触発されたのであるが、折にふれて父を想う作者であり、しかも一種の憧憬を抱いていたことを感じさせる作品である。さらに、

父が遺品の梨地の時計文化の日　（昭和三十九年九月）

になると、文化人としての父の生き方が肯定され、ゆるぎなく文化の日が定着している。

男の父にはややあらがひし門火焚く　（昭和三十五年八月）
おとなしかりし父の藤棚朝臣《あそん》色《いろ》　（昭和四十九年六月）

右の二句は期せずして、面白い対照となっている。留守がちの父はやさしくて、父子のトラブルは皆無だったかのように思い、世間の家庭との相違に驚いていたが、この一句目のような作を見るとむしろ安心してしまう。正直な心の吐露になっている。

次に亡父に縁《ゆかり》の地を訪れた句として『火の島』の中で、伊豆大島行の時「岡田村に島丈道師を訪ふ。我父二十代の終に、目下戦禍の地なる厦門にて師を知り、爾来歿年に至るまで交を絶たず。（中略）二十余年来大島に庵を結びて独居、傍俳句を嗜まる。（中略）師現在七十余歳。」の前書で十八句あって、中に、

父を訪ひて来しならなくに法師蟬　（『火の島』）
若き我が父を夏炉の語り草　（同）

などがある。師を訪《とぶら》うことで父を訪うような気になる、深い亡父への思慕である。遥かに訪問した行動も含めて亡父への愛慕の情が知られ、そうせずにいられない父子の繫がりが感じられる。『来し方行方』の中には恒春園を訪れて「蘆花旧居を訪ひ、終生其愛読者たりし我が父を思ひ出でつゝ」の前書による九句があるが、ここには直接に父を詠んだ句はない。蘆花を思い出すこと

で、父を思うことに繋がっていると言うべきであろう。

草田男の童話に「ドラの薔薇」（昭和二十一年四月号『少国民の友』）があって、その後半に夫に先立たれた母親の姿が克明に書かれている部分があるが、たとえば、

百日紅父の遺せし母ぞ棲む　（『火の島』）

の中には、母の姿に父を見ている目が感じられる。ところが、昭和二十七年、母上の死去によって、それ以後は父母を並べた型の句が俄然多くなっている。たとえば、母の埋葬行を詠った『母郷行』の中では、

松笠落ちて父の銭母の飯恋し
父母既になくて頼みし椎夏木
海上半月父《ちち》母《はは》夏の陸《くが》にねむる
啞蟬や父母歿後そして父母未生

のように、父母は二人ながら遠いあの世の存在であり、常に父母一体となって追憶の世界に蘇るといった趣になっている。それはさらに祖母も一緒の世界となり、

祖母父母の死苦の総和や雪降り次ぐ　（『美田』）

さらに、残された者の覚悟として、

父母いつしか先代や夫妻炉をひらく　（『美田』）

となり、さらに友も加わって、

三体仏に冬日や父母と友と亡し　（昭和三十九年五月）

のように死者の世界への全体的な感慨に連なってゆく。ところが興味あることに、ごく最近作でまた、父母への強烈な思慕がほとばしり、

斯く美食しビールも飲み得るか亡き父母よ　（昭和五十年八月）

父母恋し鞦韆にて食ふ茄玉子　（昭和五十年八月）

などの句があって、作者の魂の回帰を思わせたりもする。こういうふうに父母を詠んだ句での傑作は、次の句であろう。

日向ぼこ父の血母の血ここに睦め　（昭和三十六年七月）

ここでは単なる父母への思慕を越えて、人間の存在そのものへの思いがあり、父母は自己の血の中で息づいているのである。

最後に草田男俳句において、「父なるもの」が本質的にどう捉えられているかについて考えてみたい。それには普遍的に父を詠んでいると思われる句で、きわめて特徴的なもの二つをあげて結びにしたいと思う。

父はみな「工人ヨゼフ」帰雁ひそか　（『美田』）

大工を職としたヨセフはマリアを妻としてめとり、数人の子をもうけているが、処女マリアが聖霊によって妊娠した子がイエスなので、イエスは彼の子ならざる子であった。ヨセフは「正しい人であった」という。

ところでそのヨセフが「父」の典型であり得るのは、どういう点からであろうか。わざわざ「工人ヨゼフ」と工人を付けて表現しているところから、その妻子を養うために否応なしに職につき、堂々と働き続ける父親。子が世に出、陽の当たる場所に出るように願いつつ、自身は裏方として耐え忍んでいる父親、そういう点であろうか。帰雁を「ひそか」と捉えたところにも、そういう父親の運命のようなものが感じられる。そして、その点では修氏も草田男自身も「父」なる一般像も共通した存在と言えるのであろう。

こういう模範的な父親像は、いささかの悲哀を伴うにしても、正しく良き父の像であるが、それに対して本能的感情的に捉えた父の句がある。


雪女郎おそろし父の恋恐ろし　（『火の島』）

この句は生理的な生々しさを感じさせ、人間としてのどろどろした生命を感じさせる父の姿である。これまた、男としての「父」が持つ免れざる哀しき宿命と言うべきであろう。

草田男俳句における父の句は、修氏を通し自己を通し、ついに完璧なまでに「父」そのものの真の本質をえぐり出していると言える。

＊付記、引用句の下の（年月）は雑誌『萬緑』の該当号を示す。
（『萬緑』昭和五十一年四月号）

ＬＰレコード「中村草田男集」を聞いて

発売元から直送されてきたレコードを早速開けてみる。ジャケットの裏表紙に草田男先生の写真と略歴、表紙の裏には墨痕鮮やかに「玫瑰や今も沖には未来あり」と書かれていて心が弾む。解説文は「推薦の言葉」山本健吉、「中村草田男」香西照雄、「草田男俳句の魅力」沢木欣一各氏で、それぞれの立場から、有益で判り易い紹介文となっており、草田男俳句の本質や魅力のあらましが、誰にでもたやすく摑めるように配慮されている。次に草田男自選収録句二十句が自誦自解の順に列挙してあるので、この句を見ながら聞いているのに便利である。ＬＰ盤の裏表に各十句ずつ配され、所用時間は約一時間、たっぷりと草田男先生直接の声に接することができる。

収録句は「校塔に鳩多き日や卒業す」から最後の「寒星や神の算盤ただひそか」まで、春夏秋冬の順に各五句ずつ配され、有名な「降る雪や…」「萬緑の中や…」の句はもちろんのこと、「種蒔ける…」「炎熱や…」「妻二タ夜…」「冬の水…」「深雪道…」など、人気の高い句も網羅されていて嬉しい。

「私は中村草田男と申します。この草田男という名前はもとより一種のペンネームで、親から付けられた実名ではありません。……」と実に明瞭な発声で、速度もちょうどよく、聞き取り易い話しぶりで、安心しながら聞き始めると、次に「草田男」という俳号の由来の説明になったので驚喜してしまった。今まで明確にはその意味が判らなくて、はがゆく思っていたからである。次には「くさたお」と澄んで読んで欲しいこと、次は俳句鑑賞の方法についての一般的注意、と行き届いた前置きが続き、いよいよ第一句目「校塔に…」と自誦自解が始まった。

一体、実作者の立場として、他人の自句自解を読んだり聞いたりする時、最大の期待は何かと言えば、その作者の句作りの秘密が判ることにあろう。その句の成立した場面、状況、その時の心情などからいかに一句が成り立ってゆくかは実に興味のある、しかも参考になることであり、そういう期待——草田男俳句成立の秘密——に完全に応えてくれるのがこのレコードであると言える。そればかりではない。たとえば「校塔」「長子」「萬緑」など、先生によって定着した語彙のこと、「蟇」でなく「蟾蜍」とした表記の問題、さらに「春山にかの襞は……」の句では啄木の歌との比較から、短歌と俳句の本質的な相違まで、先生の懇切な解説は及んでゆくのである。実に貴重な、考えさせられるところの多い、飽きさせない自解である。

自解を「読む」のでなく「聞く」醍醐味はどこにあるかと言えば、とにかく草田男先生が一対一で語りかけてくださるのである。どの句にも先生の実に深い想いが込められていて、それが語り口や語気に滲み出て、その熱意が直接に伝わってくるのである。俳句を作る勇気が湧いてくるようで、力づけられること限りない感がある。
最後に、私は国語の教師をしているので、今度教材に現代俳句が出てきた時、このレコードを高校生に聞かせて、その反応を見たいと楽しみにしている。きっと現代俳句に目を開き、魅力を感じてくれるに違いないと信ずるからである。

（『萬緑』昭和四十七年二月号）

先生の言葉

昭和五十八年九月二十三日、草田男先生の五十日祭に当たり、埋葬式が行われ、五日市のカソリック霊園の奥様のもとへ帰られた。前後の長雨の中で、唯一日だけ晴れた日だったが、納骨の済んだ夕方にはもう雨雲が広がった。墓前から立ち去ろうとしてふと振り仰いだ背山の樹の上あたりが、一瞬光ったのである。稲妻だと思った時、傍で同じ方角を眺めていた人も、「今、光ったでしょ」と驚いた声を出し、私の錯覚ではなかったと知った。天の啓示のような一閃であった。そして、草田男先生は間違いなく天へお昇りになったと思ったのである。

大学時代に草田男先生の、

焼跡に遺る三和土や手毬つく

の句を知って、現代俳句を信じ始めた私だった。実景に拠り、即物具象の手法で、作者の思想を表現することのできる俳句という形式、それに賭けてみてもいいと思った。その始まりであった。

その草田男先生の主宰誌「萬緑」に、どうしたら入会できるのか判らず、十年近い月日が流れ、昭和三十八年にやっと入会。草田男先生にお目にかかったのは一年後の三十九年二月一日、香西照雄著『中村草田男』出版祝賀会の日であった。その日、来賓の一人だった井本農一先生に、初めて紹介していただいたのである。

その時、近年女流が増加したという話が出て、「女流の面面にお軽の仕度をしてもらったら、カルメンですね」と草田男先生は冗談めかして言われた。単なる語呂合わせとは思えず、今もって真意の判りかねる言葉である。その日、私は体の線にぴったりした黒色のベルベットのワンピースに、真赤な薔薇の造花を胸元に飾っていた。靴も高く、かなり大女に見えたであろう。もしかしたらカルメンの雰囲気があったのかもしれないと私は一人勝手にうぬぼれて、嬉しかった。若かったのである。


草田男先生は、私が俳人協会の新人賞を受賞した時、先生の方から出席すると言ってくださり、本当に嬉しかった。会場に着くと先生は、誰がどう勧めても前の方の席には行かれず、一番後の席に座られたままだった。

水原秋櫻子会長から私が賞状を受けた時、不意に「ありがとうございました」と一声、大きな声が会場にひびき渡った。皆一瞬びっくりし、次にそれが草田男先生の言葉と知って、会場いっぱいに興奮のどよめきの広がるのが判った。感激としか言いようのない一瞬であった。あの時ほど深い師の恩を感じたことはなかった。それにしてもあの満員の大会場の中で、思った通りの言葉を、あのように率直に発言できる人が、草田男先生の他にあるだろうか。偉大な先生であった。

草田男先生、二十年間、本当に有難うございました。

（『萬緑』昭和五十八年十一月号）

あとがき

本書は俳誌『未来図』の昭和五十九年五月号から平成七年一月号まで、十余年にわたる連載「中村草田男俳句鑑賞」をまとめたものである。ほぼ九十回ほどになり、採り上げた句は九十六句（一八四〜八八頁の五句は、『萬緑』の昭和四十九年六月号および八月号所収）。他に引用句も含めるとかなりの数となった。句の並べ順は『未来図』誌上に執筆した時のままである。発行の月の季節に合う句をなるべく選ぶようにしていたので、季節が十回ほどめぐる感じになった。句の制作年代と作者の年齢、収録句集名などは一句ごとに付記したので、参考になれば幸いである。

草田男先生の御逝去が昭和五十八年八月で、『未来図』の創刊は翌五十九年五月であったから、本書の執筆は私の五十二歳から六十三歳の頃のことである。今見ると意に満たない点も多いが、当時の私は先生への鎮魂の思いをこめて一生懸命であった。その雰囲気が伝わるのを願って、あえて手を加えず当時のままで出版することにした。

先生の御逝去の前後は特に客観写生が重んじられた時代で、写生でない句は俳句ではない、とまで公言する人もあった。思想性や社会性など観念的な要素を持ち込むことはとても不利な状況であった。私が草田男俳句の流れに立って結社誌を持つと言い出した時、人間探求派はもう古い、過ぎ去ったものだと、本気で忠告してくれた人が一人や二人ではなかった。実際、草田男俳句は難解で判りにくいからと言って、敬遠する人も多かった。しかし私は自己表現のための草田男俳句の作り方を信じており、多くの一般の人々にもその魅力を知ってほしいと思い続けていた。

私が主宰誌を持ちたいと申し出た時、『萬緑』誌の幹部同人たちから猛反対を受け、結局私は「萬緑」を退会し、私が手ほどきをした初心者たちとともに新たに『未来図』を創刊。新たな道を歩み出した。その時に初心の人にも判り易くと思い、連載を始めたのが本書にまとめた草田男俳句鑑賞の稿である。一方で地方講演などで草田男論を話す機会も増え、私は先生への感謝を籠めて、草田男俳句の魅力を語り続けた。

『萬緑』は昨年九月号で八百号となり、今年（平成二十九年）三月号で終刊し、新たな後継誌が生まれた。時代も変化して草田男俳句の良さが見直され、若い人たちも関心を持ってきた。草田男俳句永遠なれと念じてきた私としては本当に嬉しい春である。私たち「未来図」の会員一同もまた、先生の拓かれた道を志高く歩んでゆきたい。

今後、草田男研究も新たな段階に入るであろう。良き論文や良き評論が次々と生まれるであろう。そうした中で本書は全く別種の目的で上木する。私の愛誦句を心をこめて鑑賞したエッセイであり解説である。気軽にどこからでも楽しく読んでいただきたい。それは草田男が生涯を賭けた文芸の本質に繋がっている。
なお、巻末に添えた「草田男俳句の世界」から何か見つけていただけたら幸いである。数年前から上木を考えていたのに、今になってしまった。関係の方々に御迷惑をかけ、待っていただき、申しわけないことであった。特にこの度、直接担当していただいた春秋社の高梨公明様、「未来図」の方々に御礼申し上げる。

平成二十九年　復活祭の日

鍵和田秞子

初句索引（五十音順）

＊初句が同じ作品は、改行して—を付し中句を示した。
＊草田男以外の作品は、作者名を（ ）で示した。

■あ行

■か行

■た行

■ま行

著者略歴

鍵和田秞子（かぎわだ　ゆうこ）

昭和七年二月二十一日、神奈川県生まれ。
昭和二十九年　お茶の水女子大学文教育学部国文学科卒。
　在学中に句作を始める。
昭和三十八年　「萬緑」に入会、中村草田男に師事。
昭和四十四年　「萬緑」同人。
昭和五十年　「萬緑賞」を受賞。
昭和五十二年　句集『未来図』により第一回俳人協会
　新人賞を受賞。
昭和五十九年五月　俳誌「未来図」を創刊、主宰。
平成十四年三月　大磯鴫立庵第二十二世庵主。
平成十八年　句集『胡蝶』により第四十五回俳人協会賞受賞。
平成二十七年　句集『濤無限』により第五十六回毎日芸術賞
　（文学Ⅱ部門）を受賞。

句集　『未来図』『浮標』『飛鳥』『武蔵野』『光陰』
　『風月』『胡蝶』『百年』『濤無限』
　他に自註句集など。
著書　エッセイ『季語深耕〈祭〉』『俳句のある四季』
　『花旅吟』
　入門書　『俳句をつくる』
　『俳句入門　作句のチャンス』
　『実作季語入門』『俳句上達講座』他。
　監修に『花の歳時記』。
　他に共著など多数。
俳人協会顧問。
俳文学会・日本ペンクラブ・日本文藝家協会各会員。

中村草田男　私の愛誦句鑑賞
二〇一七年五月二〇日　初版第一刷発行
著　者　鍵和田秞子
発行者　澤畑吉和
発行所　株式会社春秋社
東京都千代田区外神田二－一八－六
郵便番号一〇一－〇〇二一
電話（〇三）三二五五－九六一一（営業）
三二五五－九六一四（編集）
振替〇〇一八〇－六－二四八六一
http://www.shunjusha.co.jp/
印刷所　信毎書籍印刷株式会社
製本所　黒柳製本株式会社
装　幀　鈴木伸弘

ISBN978-4-393-43647-9
定価はカバー等に表示してあります